文創風

love.doghouse.com.tw

狗屋硬底子，臺灣文創軟實力，原創風格無極限！

文創風
love.doghouse.com.tw

狗屋硬底子，臺灣文創軟實力，原創風格無極限！

文創風 006

神仙啊，你在幹麼呢？ 一

微露晨曦 著

目錄

自序		005
第一章	一百二十七次偷情	007
第二章	俠女招親	023
第三章	朱砂公子遇害	043
第四章	回家吧，我們回家	061
第五章	客劫	079
第六章	血濺雲門	097
第七章	獨闖唐門	115
第八章	娘親	129
第九章	仙人有約	147
第十章	激吻猛藥	165
第十一章	初七有難	181
第十二章	神仙妖魔鬼	197
第十三章	盤妖谷	217
第十四章	仙初吻	239
第十五章	蝶舞翩遷	259

自序

寫這個故事的時候，是在一個非常炎熱的夏天，記得那時坐在電腦椅上寫得汗流浹背，卻因為故事中跳躍的人物個性、歡快的故事情節，而覺得寫作是一件非常快樂、非常幸福的事。

其實這個故事，來源於內地非常有名的一款單機版遊戲——「仙劍奇俠傳」，因為當年徹夜打遊戲不睡覺還被老媽一頓痛罵而記憶無比的深刻。

在故事裡那個勇敢執著的李逍遙，善良可愛的靈兒，還有一直忠心跟在逍遙身後的林月如，都在我的記憶裡留下了深深的影子。我是很喜歡月如的，可是最後月如卻為逍遙而死了，真是讓人無限的悲傷。所以那時候我就在想，如果像月如那樣一個美麗而堅強的女子，遇上一個極盡搞笑而可愛的男生，又會用怎麼樣的方法打開她緊閉的心門呢？

而當時網路上盛行的仙俠傳小說中，男子往往是強大而沈默的，女子可能窮其許多用心也未必能得到他們的青睞。所以我就想反其道而行，寫一對沈默女子和搞笑男子的情侶檔來看看吧！

定位了這樣的故事，而使得寫作時非常的愉快，搞笑的小白神仙在整個故事裡有笑、有歌、有快樂、有淚水，甚至平時看起來總是做惡搞狀的他，在保護自己心愛的人、被天庭打壓時，又綻放了充足的男子氣概，一樣可以很帥的保護他最心愛的女人！

這個故事寫作時很開心，寫到最後很感動，完稿時覺得很幸福！

彷彿我已經跟著主角們經歷了不同的人生，進入了一個奇妙、溫暖又讓人感動的世界。經過這一段愛情，世界也會變得美好了呢！

不知道各位親愛的讀者，有沒有帶給你們這樣甜蜜的感覺呢？

如果在你看完這本書之後，抿嘴一笑——

那麼，我就是最幸福最快樂的人了！

願我的寫作，把愛情的甜蜜快樂與所有人分享！

微露晨曦於二〇一一年九月十日夜

第一章　一百二十七次偷情

月黑，風高，伸手不見五指。

一燈如豆的微弱燭光在小小的柴房裡跳躍。

「過來。」

「伸手。」

「嘟起嘴巴。」

忽地，幾聲命令在柴房裡低低的響起。

那聲音雖帶著一絲絲霸道的意味，但卻是那樣的低沈沙啞，很吸引人。

牆上映出的影子乖乖地向前靠攏一點點，還聽話地噘起嘴巴，朝著他做出「豬豬」的表情。

不行，他一看到這張臉就忍不住快要爆笑出聲，隱忍了半個時辰的柔情密意馬上就要破功！

最該死的是，她竟然還眨巴著那雙大眼睛，烏溜溜地盯著他的臉。

「該死的！」他霸氣無比地一把抓過她，狠狠下令。「給我閉上眼睛！我已經教了妳一百二十七次了，言初七！」

啪嗒。

聽話的小美人兒立刻閉上那雙烏溜溜的大眼睛，還不忘把她圓嘟嘟的小嘴更向前湊了湊。

來了來了來了！

白子非瞪著眼前這張粉嘟嘟的小嘴，突然覺得自己的胸口怦怦直跳。

哈，別以為他大白公子是為了將要和這張漂亮的小櫻唇親親而緊張，他緊張的事情是——

砰！嘩啦！

單薄的柴房房門突然被人從門外擠破，幾個人……不對，是幾十個人，不對，是一群人！嘩啦啦地像潮水一般湧進這間小小的柴房，就像昨天晚上官兵捉強盜似的立刻把這裡圍了個水泄不通！

「哇呀呀呀——白子非！」人影還沒看清，就聽得一聲巨響的叫板。「大膽小兒，又敢綁了我的妹妹，你意欲何為？」

言初一震天的叫聲幾乎把在場所有人的耳膜震碎。

「可憐啊可憐，革命尚未成功，妹夫仍須努力啊！」言初二語重心長地拍拍白子非的肩膀。

「子非，你也太不會找地方了吧?這什麼破柴房啊，居然把我妹妹拉到這裡來第一次?!」言初三拿手帕捂著鼻子，潔癖得就差沒施用瞬間移動大法了。

「大丈夫不打無準備之仗，大白公子，需要軍師嗎?十兩紋銀一次。」言初四擺弄著手中的算盤。

言初五與言初六站了個一左一右，兩人雙生出世，相貌非常相似，兩雙亮晶晶的眸子分別狠狠地瞪了一眼白子非，言初五恨恨地：「哈！」言初六咬著牙：「哼！」

不屑一個字，已經讓人冰冷徹骨。

白子非滿臉黑線，差點沒一口血噴上九雲霄。

蒼天啊，大地啊，天使大姊，地獄閻王啊，你們是存心捉弄我白子非嗎？

從小到大，他已經「非禮」眼前這個初七小姐一百二十七次了，可是沒一次是成功的！喵的，這群人簡直就是隱形超人奧特曼，無論他躲到哪裡去，他們都能以0.0001秒的速度在最後一刻衝出來！

最可怕的是人群一陣騷動，言初七的三個貼身婢女從最後面擠過來，一個擋住白子非，兩個扶住言初七。

「月黑風高夜。」言小藍開口。

「後院柴房內。」言小青接道。

「小姐做何事？」言小綠連忙問。

一直站在那裡不發一言的言初七瞟了一眼旁邊的白子非，輕啟朱唇，只蹦出兩個字：「偷情。」

噗——

受不了啦！受不了啦！白子非再也受不了啦！最打擊的就是這最後的四個人，她們每次湊在一起都會這樣說話，三句半，三句半！最可惡的還是最後那半句，總是由沈默不語的言初七接口！

喵的，什麼偷情！他大白公子只是想要偷吻她一下，只是想把屬於自己的東西拿回來啊！這些人可不可以不要這麼雷人？可不可以不要這麼抽風？他受不了啦！

「啊——」

月夜裡，大白公子發出了第一百二十七次失敗的慘叫聲，再一次撩起他傾國傾城的白衣白袍，披頭散髮的奔出言家柴房……好一個聞者傷心、見者流淚的大白公子啊！

不知道第一百二十八次偷情，又會是在哪裡呢？這真是一個永恆的謎題啊……

白家清靜的後花園裡，白四喜激動不已地跑到白子非面前，興奮地向他報告圍牆外聚集的愛慕者人數。「公子，你的人氣又漲了哦。昨天外面守著的人才三千九百九十七，今天可就漲到四千零一了哪！公子，果然是男人不壞，女人不愛！喏，四喜可要向公子好好學習，多泡幾個妞才會得丫鬟們的歡心！」

「閉嘴，四喜丸子！」白子非覺得自己真的快要瘋了，這到底是不是人活的地方啊？為什麼他每天都處於死去活來，暈過去又瘋回來的境地呢？

「公子，你又害羞了，現在你可是姑蘇城裡的超級公子啊，不僅身分飆升，連你的字帖畫報都狂升三百個百分點，收藏價值已經達到空前絕後的三千紋銀一張！公子，你可不能懶惰，要好好寫字習畫喲！」白四喜對著白子非眨眨眼睛。

白子非真想把硯臺朝著他一把丟過去。「我都叫你閉嘴了四喜丸子！」

這些人的腦殼全部都不正常，白子非真想不通他們腦子裡到底搭的是哪根弦？包括隔壁的言初七，倘若當年不是她的一個失誤，他也不必留在這個鬼地方長達十五年之久了。當年是多麼輕鬆快意的生活，遠比在這個鬼地方要好上一千……一萬倍！

要知道，他可是——

「公子，你別又說你是神仙了。」白四喜一看到白子非那個驕傲的眼神，就知道他又要說什麼了。

白子非嘴角抽搐。「我就是神仙，怎麼說了十幾年，你還是不信？」

白四喜撇撇嘴。「公子難道沒有聽說過嗎？一個謊言說上十次，就算別人都不信，自己也會相信了。公子，你還是別自己騙自己吧。」

暈倒！這四喜丸子，欺人太甚！

白子非真是氣死了，所謂虎落平陽被犬欺，他明明就是九天之上，玄天大神之下的座下大弟子的二姨婆家七小叔的三舅子的四小妹家的護陽仙人！

好吧，他承認自己是個小得不能再小、比傳說中的弼馬溫大不了多少的護送絕世仙丹的小小仙人，可那也是神仙好不好？他可是正式在編，有雙休年假，受上天憲章天條保護的公職人員！

要不是因為當初他護送玄天大神大弟子剛剛修煉成功的「混世丹」的時候，不小心在九雲霄上看到九天玄女在排練九轉旋天舞，一時走神才會讓三顆「混世丹」滴溜溜地……滾了一顆下來……

好死不死的這個姓言名初七的笨女人剛剛三歲，就蹲在那顆從天上掉下來、差點砸破她腦袋的「混世丹」的旁邊。在看到那粒沾滿了泥巴、灰不溜丟的丹丸的時候，這娃兒竟然撿起了那顆丹，看也沒看就朝她的小嘴裡一塞——

叭唧。

白子非當時站在半空中還在想，這丫頭可真髒！可接著他馬上醒悟過來——媽呀，這小丫頭把「混世丹」給吃下去了！

完蛋了完蛋了，三顆混世丹相輔相成，缺一不可。即使服食一顆，也不能羽化成仙，但若是三顆同服，不僅能與天地同壽，還能與玄天同福，乃是玄天大神與大弟子用畢生心血修煉，準備呈給上天大帝服食的祝壽良藥。結果現在……竟被這小丫頭吃進肚子裡了?!

最倒楣的是，他是這仙丹的護送人，仙丹丟失，罪不可赦！重則會被上天罰個傾家蕩產不說，還有可能把他丟到下界，投個豬胎羊胎的受輪迴懲罰之苦；以前不是有個叫豬什麼戒的就是這麼過了一輩子嗎？他可不想把他帥帥的臉蛋變成豬嘴羊角的可憐模樣。

可是怎麼辦？仙丹都被那個臭丫頭吃掉了。他總不能扒開她的嘴巴，從她那鼓鼓的小肚子裡掏出來吧？雖然明知道她是凡人，這仙丹即便被誤服，也十年八載的難以消化，可是丹丸一旦入腹，就會如火龍般在腹內盤生，想要把丹丸再次取出來，除非以仙法吸取，親親相傳，才可把仙丹吸出。

白子非眼見左右無人，立刻按下雲頭，想要「非禮」這個小丫頭。哪裡知道還沒湊上嘴巴，突然被路人發現，大叫：「色狼非禮未成年少女啊！」、「大家快打色狼啊！」

噼哩啪啦的，一陣爛菜幫子、番茄伴雙黃蛋就朝著他咻咻地飛了過來！

白子非當時還只是個小仙人，哪裡見過這樣的陣勢，立刻就被狂毆到躲進一處狗洞裡，差點被酸臭的菜葉子生生活埋了。

當時他縮在洞裡想，現在的人間可真生猛啊，他這個神仙連做個仙法的時間都沒有，就立刻被鎮壓成狗仙人了，真是為仙界丟臉啊！

直到半夜，他才敢從狗洞裡爬出來，臨走還沒忘記對徘徊在外、無家可歸的大黃表示了一下自己的歉意。

可是怎麼辦？仙丹不能就這樣送給那個小丫頭，別說上天不會放過他，就算再去求玄天大神，也不可能再煉出一顆一模一樣的混世丹與另兩顆相配，所以現在唯一能做的，要不就殺了那丫頭，殺女取丹；要不就……親親那個丫頭，把丹丸從她的腹中吸出來吧。

他真的無力了，想不到身為神仙的自己居然會為了取回仙丹，要去親親人家未成年少女！光是想像，他自己都羞憤欲死，真想鑽回大黃狗洞裡去了。

但好在天上一天，是世上一年，距離上天大帝的生日還有天上十七天，這就表示他還有十七年的人間時間，可以把那丹丸取回來。

恰好那小丫頭家的隔壁，白知府白正傑的獨生兒子不巧落水，剛剛氣絕身亡，他便借了這小兒的身分名字，就這樣在人間潛了下來。

這些年來，他雖然不停找機會想要親親初七小姐，可倒楣的是，她居然有著六個武功蓋世、寸步不離的貼身護衛哥哥，而且她自己還是武功蓋世的七段俠女！可憐他白子非雖然貴為九天小仙，可是卻肩不能提，手不能挑，仙法只能用一咪咪，是個不折不扣的……仙人書生！

「唉～～」白子非大嘆一口氣。

「公子，說你不是神仙，你也別嘆氣嘛。」白四喜對著白子非眨眨眼睛。「反正你不也只是覬覦言家金瓜小姐嘛！」

「我是神仙！」白子非氣憤地握拳。「而且不是覬覦！」

這年頭，真的不能教書僮讀太多書認太多字，不然將來氣死的，只會是自己。

「嘻，隨便啦，反正公子就是對人家不安好心嘛。」

暈倒，這傢伙到底是白家的還是言家的探子？

白四喜笑得眼睛瞇瞇。「公子既然這麼哀愁，不如……上門提親，娶了言小姐吧！」

「你！你！你你你你你……」言大老爺的手掌抖得像北風中的最後一片落葉，手指朝著牆邊排排站的兒子們指過去，一個個的就差沒戳到鼻尖上。

「我要你們何用！整天吃我的、穿我的、拿我的還不聽我的！你們可就這一個寶貝金瓜妹妹，六個大男人居然都保護不住，又讓那大白小子占了便宜?!這讓我言家的顏面何存？讓我言大的臉往哪裡放喲！」言大老爺手腳抖啊抖的，滿臉寬麵條淚。

牆邊一隊排排站分果果的言家公子們，個個頭頂朝天，鼻孔朝地，對於爹爹的這種指責，他們早已經習以為常了。

自從妹妹三歲開始，白家那小子就隔三差五地前來「非禮」妹妹，而對於貴為言家唯一的女性、唯一的金瓜寶貝蛋言初七，他們六個從小就奉命貼身保護，寸步不離。可是真不知道是倒了什麼血楣，每次他們只要有一個人稍稍打個瞌睡，那小子就像兔子一樣刺溜一聲鑽進來，啪唧一下子就把妹妹給拐走。接下來，他們要面對的就是老爹狂風暴雨般的指責，涕泗橫流般的痛斥。

「你！不是號稱武功天下第一嗎？」言大老爺氣憤地指著言初一。

言初一相貌老實，聲音渾厚，大聲地回答：「爹，根據江湖武俠報最新排行，妹妹的名字遠排在我之上。」

噴！言大老爺吐血，大哥不如小妹，要你何用！

「你！不是號稱讀書破萬卷，可把兵書倒背如流的第一軍師嗎？」言大老爺把手指頭移到言初二的臉上。

言初二相貌清秀，細細的眉尖挑了挑。「爹，姑蘇城第一奇才的名字可是落在隔壁大白的頭上，兒子比妹夫還差得遠呢。」

噴！有這麼不上進的兒子嗎?!言大老爺內傷，名號落在仇人頭上，他還笑嘻嘻的，還說什麼妹夫！要你何用！

「你！不是自稱笑傲天下美人，可令所有女子盡失顏色的嗎？」言大老爺指著最貌美如花的

言初三。

言初三挑著蘭花指，手裡的帕子還散出迷人的香氣，他微撇著細細長長的單鳳眼，對著老爹拋個傾國傾城的媚眼。「爹爹是希望我把寶貝妹妹比下去呢？還是希望我把白公子勾引到手呢？」

噴！言大老爺真要倒地身亡，這世上長得漂亮的人，就要勾引男人嗎？兒子啊，你是不是兒子啊?!

「那還有你！」言大老爺手抖抖，嘴青青。

正在撥弄算盤的言初四眼睛抬都不抬。「爹，你和我的帳等下再算，我這裡剛好算到一千七百八十九萬六千五百二十三點一四一五九二六……」

噴——噴噴噴——言大老爺遲早有一天要吐血身亡！這都什麼回話啊，算個屁啊，還三點一四一五九二六……你是帳房先生做不夠，想去做祖沖之不成？

言大老爺已經完全內傷一百二十拳，手指如篩糠似地指向言初五、言初六。「你你……你和你……」

言初五和言初六乃是一娘同胞出世，長得那叫一個清秀俊俏，兩人一模一樣，彷彿兩張畫了兩次的畫片似地站立在那牆壁邊角，一看到父親大人的手指指過來，立刻就朝著父親一抱拳，兩人齊唰唰地跪下。

「父親！」

「錯了！」

這兩個傢伙也是言家簡語派的代表，這一句話說出來，差點沒讓言大老爺厥過去。明明是你們錯了好不好？省略到只剩「父親」、「錯了」！兒啊，說到底，難不成是為父的錯了?!

言大老爺指責完這一溜金光閃閃的兒子，已經手抖如篩糠，嘴抖如啄米，眼冒金星，額頭冒金光了。

他憤怒不已地朝著門外一揮手臂，大大不滿地狂吼道：「你們！初一、二、三、四、五、六！你們給我去膳堂面壁，晚飯減食！」

一整排金光閃閃亮的言家公子們，聽到父親這句話，連眉頭都沒有皺一下，立刻就順滑溜溜地從門口排著隊走向膳房。這對大家來說都算是輕車熟路了，爹爹還當他們兄弟是六、七歲的孩子，眼看著膳堂裡的飯食就會餓得流口水、涕泗橫流嗎？

眼看著哥哥們雄赳赳地踏出門去，廳裡唯一覺得內疚的，大概就是還坐在椅子上的言初七了。

她低著頭，抿著唇，手裡捏著平日慣用的皮鞭，面有難色地皺著眉頭，沈默地不發一言。

言老爺看著那一溜倒楣兒子們魚貫而出，氣呼呼的鬍子還在臉上抖三抖。一轉回頭來，看到粉團兒般白皙皙、水嫩嫩，一張臉兒如桃子般粉裡透紅的小女兒，剛剛還怒氣沖沖的臉龐，立刻就換上了慈父的可愛笑容。

「初七乖乖，我的心肝啊，妳還好吧？沒有被嚇到吧？都是妳那幫笨哥哥們沒有本事，居然

又被隔壁那個白小子給潛了進來！這才嚇到我的初七乖乖了，是不是？來，爹爹的蔘湯給妳喝，壓壓驚，我的寶貝。」

站在言初七身後的三個婢女，差點沒被言大老爺這番話給雷暈過去。

大老爺就是有著這樣生猛的本事，能把圓的說成方的，能把扁的說成長的。但凡長眼睛的人都看得出，雖然白家公子潛進言家後院，但明明也是言家大小姐心甘情願地跑去和人家「私會」的好不好？

而且大小姐都親口說出自己是去「偷情」的，如果真是被人家挾住的……且不說白家大公子沒那個能力挾持咱家小姐……就算有，小姐也能一巴掌把他拍成壁畫對不對？

眼見初七小姐還低著頭在那裡數自己的辮子梢裡頭髮有幾根，言小青很體貼的替沈默的小姐開口。「老爺莫擔心。」

「小姐有分寸。」言小藍接嘴。

「事事有起因。」言小綠立刻接口道。

「我自願。」言初七終於抬起頭來，悠悠說出這三個字。

咚哐！

言大老爺差點沒暈過去。

雖然知道自己這個金瓜寶貝女兒惜字如金，常常一句話縮成幾個字的說，但有事沒事地來這麼個三句半，也實在是太驚悚了吧？

「女兒啊，這種話可不能隨便亂說的。與男子深夜私會，這可是大忌呀！倘若傳出去，爹爹還怎麼為妳許配人家呢？妳可不要和爹爹說，真的看上隔壁那家臭小子了，他肚子裡雖有三兩墨水，可哪比得上咱們習武世家？爹爹還盼著妳娶個武狀元回來替爹爹打理鏢局呢，我可不想讓隔壁那個臭小子寫兩句酸詩，就擄走我女兒的芳心。」

言大老爺可是對寶貝女兒的未來歸宿做了非常詳細的規劃，他早就決定要好好找個倒插門女婿來接替他苦心打理的鏢局。別提醒大老爺說，他還有一整排兒子呢，在他的眼裡，他那些土瓜蛋子兒子們，連女兒的一根頭髮絲都比不上。

嘿，別以為是言大老爺重女輕男心偏偏，實在是因為言初七是他言大老爺五十歲大壽時才添的一個金瓜寶貝蛋，言大老爺五十年種馬生涯，兒子生了一長溜，就只盼著有個嬌嬌弱弱如粉團兒般的女兒降臨，好讓他父慈女孝，好好地享受一下天倫之樂。

哪知道大夫人一輩子生男生男再生男，好不容易盼來個女兒，卻產後虛弱，一命西去矣……可憐一家子團圓親親熱炕頭，只剩下了六個兒子七個男人光棍連和粉團兒般的言初七，初七自然是全家男人的心尖肉肝，哪個不是捧在手裡，只盼著這金瓜般粉嫩嫩的小妹妹快快長大，變得可愛活潑又精靈，成為大家的開心果。

哪裡知道，命運竟是這麼折磨他們這一隊光棍蛋們啊！

金瓜小妹妹雖然順順利利無病無災地長大，也出落得美麗非常，可是竟然不是個金瓜精靈樣，而是個悶瓜葫蘆樣！還是三棍子打不出個屁來的那種，每天就只會跟在哥哥們屁股後面舞槍

弄棒，你就算抓著她追問三個時辰，她也只會給你蹦出一個字。「餓。」

好在大夫人去世前幫她挑了三個貼身的小丫頭，陪著她一路長大，這三個小丫頭自然就成了言初七的代言人。只不過代言的形式有點怪，居然變成了三句半?!最最重要的那半句，居然還是由金瓜小姐親自來！暈啊暈，真是數不出的暈！

最讓言大老爺不能承受的，還是隔壁那個姓白的小子對寶貝女兒長達十五年的「吻」騷擾。自從那小子五歲那年見到他的寶貝初七，就無所不用其極地使用各種方法，想要偷吻到他可愛的女兒。言大老爺簡直火冒三丈，直想率眾兒子殺去隔壁，直接滅了他們白家！

但是鬧到白府門口，看到上面高高懸掛著知府衙門的大牌子，只好作罷。

可惡的是言大老爺一忍再忍，一讓再讓，那白小子竟然步步緊逼，步步不讓！都一百二十七次了！現在已然在江湖傳開了，竟沒人敢來他們言家做他最最心愛的「倒插門女婿」！

言大老爺真是恨啊恨啊！在心底把隔壁那個臭小子ＸＸ一千遍啊一千遍！

眼見爹爹的鬍子抖得像抽筋，言初七終於坐不住地站起身來。

「寶貝，妳去哪兒？」

「小姐用膳已完畢。」言小青開口。

「閒來無事回房去。」言小綠接著。

「只求清靜無人擾。」言小藍很會意。

「休息。」言初七丟下兩個字，轉身就走。

言大老爺終於忍不住，一頭就朝著座椅後方厥了過去！女兒呀，女兒！妳……妳……妳這個樣子，怎麼能引來我的乘龍快婿？誰會要個三句半的老婆啊！

不行，不行，絕對不能再這樣下去了！

言大老爺從桌子下面伸出一隻手來，抖抖嗦嗦地對著外頭怒喊：「來人！替我擺起擂臺，給我家寶貝金瓜小姐比武招親！七七四十九天之內，再不把女兒嫁出去，我就改姓白！」

第二章　俠女招親

鐺鐺鐺！

言家鏢局向來是說幹就幹，下午天還沒擦黑，擂臺就已經擺上了。

高高的臺子嘎嘎響，大大的紅旗飄啊飄。

這姑蘇城言家大小姐本來就名頭蓋世，威震四方，因此言初七要比武招親的消息，立刻就轟動武林，震動江湖！

有識之士、光棍大俠們都紛紛向著姑蘇城裡擠過來，一時間鬧得姑蘇城裡客棧爆滿，飯錢爆漲，一些窮酸的大俠們乾脆就露宿擂臺，打算一睜開眼睛就把言家大小姐搶進懷裡。

鐺鐺鐺！

天一濛濛亮，言初三就拎著個破鑼，翹著蘭花指敲了三聲。

那些早已經按捺不住的「虎狼大俠」，立刻咬牙切齒地朝著擂臺上狂哄而去！

言初三被嚇了一大跳，立刻飛身向後，狂退三步。「哇，好臭！」

眼睜睜看著自己心愛的金瓜寶貝蛋妹妹言初七，被那些大蝦們團團圍住，言初三居然也不急，反倒走到旁邊去，挑了個曬不到日頭的椅子，打算坐下來。

他屁股還沒落在座椅上呢，就聽得「啊——」一聲慘叫。

那群把妹妹團團圍住的大蝦男人們，立刻呈放射狀的以言初七為中心，向四周輻射般地彈開。啪地一聲，集體摔成了人形向日葵。

「嘖嘖嘖，」言初三挑著蘭花指，用手帕捂住自己的鼻子。「你們好遜啊，三秒鐘都撐不到，比昨天的那群差遠了，你們是男人麼？」

「……」

躺在地上的那一群人無語中。

言初七站在那群男人中央不發一言，水靈靈的大眼裡，透出堅定而清亮的光芒，晨曦下的微風，適時地拂起初七淡黃色的衣角，裙裾飄飄，幾欲成仙。哎呀呀，這樣威風八面的女主角，這樣絕色動人的美人兒，哪個男人不想娶回家去？可是，你想歸想，得先問問自己有沒有那個本事！

這個絕色美人兒，她可是……可是……公認的武俠七段，江湖排名第一的超級賽亞人言大俠女啊！

言初一坐在椅上，看看地上倒成一朵花的男人們，粗聲粗氣地下令：「初三，沒有人有力氣起來了，再敲鑼。」

言初三一聽老大這句話，氣憤得把蘭花指都要指到那些傢伙們的眼前了。「你們！沒用的你們！爭氣點好不好？又要本小爺敲鑼，把我美美的指甲都要敲爛了！」

鏜鏜鏜！

不過，言初三再美的指甲也比不過金瓜妹妹的金貴，所以他還是認命地站起來，氣憤地拿起那頂破鑼，叮鈴噹啷地繞著那群人形向日葵敲了個驚天動地。

喵的，沒用的東西，連我妹都打不過，我聒死你們！

鐺鐺鐺——鐺鐺鐺——

言家擂臺上的鑼聲就一直這麼響著，震耳欲聾。

震得連趴在自家睡榻上的白子非都沒有辦法再睡下去了。喵的，到底有完沒完啊？這鑼都敲了多少天，還讓不讓人活著啊！要知道他大白公子昨天可是熬夜作詩，現在正睏倦著，急需睡眠呢！

「別敲了別敲了！」大白公子急眼了。「還讓不讓人活啊！姑蘇城管捕頭隊呢？怎麼放著這麼當街亂擺擂的不管啊？」

聽見公子在屋子裡氣得亂吼，白四喜連忙跑進門來。「公子，你醒了啊。隔壁正熱鬧呢，公子要不要去瞧瞧？」

「瞧，瞧你個大頭鬼！」白子非滿臉黑線，只差沒掛隻烏鴉在額頭上。「煩都煩死了，還去瞧熱鬧？你當我和你們一樣，是凡人白癡啊！」

四喜無緣無故又挨罵，有些不太高興地嘟著嘴。「是是，公子是神仙，是九天下凡的仙人，所以不能和我們這些無名小凡人一樣。可是公子，隔壁在比武招親耶，公子最覬覦的初七小姐就要招給別人了哪！」

「我都說了不是覬覦！」白子非氣得從床上彈起身來，抄起床邊的鞋底子真想抽四喜一丫的（註一）。「我『雞魚』她，有那功夫我還不如燉個鴨魚湯呢！我只不過想拿回屬於我自己的東西……」

「嘁。」四喜撇嘴。「還說不覬覦人家小姐，每次都說人家是屬於自己的東西……」喵的，抽這個書僮丫的！

白子非實在氣炸了，光著腳丫子就跳下床來。

白四喜看公子真的怒了，連忙舉起手投降討饒。「公子公子，我胡說八道的！公子饒命呀！不過公子你真的不出去看看嗎？萬一初七小姐真的被哪個男人搶走了，公子豈不是連哭都來不及？」

「呸！我才不會為她哭。」白子非皺眉。「而且你這個小兒懂個屁。言初七武功蓋世，雖是一介女流，但步伐穩重，出招迅捷，連她那以武功聞名的大哥和初五初六都打不過她，這世上又有什麼男人能近得了她的身？」

「嘻，」四喜忍不住笑起來。「公子還說不關心初七小姐，分明把人家觀察得那麼細緻入微嘛。」

白子非頭痛，真想立刻在床下挖個坑，把四喜丸子給埋了。

「不過公子，言大老爺設下擂臺比武招親，本就是擺明了欺負公子你是手無縛雞之力的一介書生，所以才會刻意將女兒要比武定親的喜事傳遍整個江湖。這些天據我的打探，南到西沙島，北到毛子國都有大俠們前來比武，這天下之大，自有奇人異事，萬一哪個不才的真的打敗了初七小姐，那公子還在這裡老神在在，豈不是虧大了？」四喜丸子一心為主，忠心不二地提醒。

四喜的這番話，倒真是讓白子非有些微怔。

他雖然知道言初七的武功實在是天下無敵，但也保不齊哪裡突然冒出個勇猛武夫，真的贏了言初七。那樣言初七豈不是就要遠離這裡，嫁到別人家裡去了？那他的混世丹還找誰去要？總不能再潛到她的身邊，跟她嫁到別的男人家去吧？

一想到這個，白子非忍不住皺了皺眉頭，套上自己的鞋子。「走！看看去！」

哇哈哈！白四喜的心裡終於樂開花，憑他三寸不爛之舌，還真的把公子給說動了！太好了，太棒了，他真是書僮中的書僮，無人能及的最佳書僮呀！

鏜鏜鏜……鏜鏜鏜……言初三敲得手臂都快要斷掉了，他嘩地一聲把破鑼朝旁邊一丟。「我不幹了！初五初六，交給你們！」

言初五和言初六正站在擂臺的一邊，聽到三哥的話，兩人相對一眼，並不動作。

擂臺上卻正是熱鬧，只聽得「咻」地一聲——

一名黑漆漆、肉乎乎的不明生物立刻就朝著這邊飛了過來。

言初五腳尖一點，提起輕功在空中輕輕一推！啪！那個不明生物立刻就落在言初六的面前，咚的一聲摔成一疊。

註一：抽丫的，北京方言，意指抽巴掌。

「八百七十二。」言初五面無表情的落地。

言初六冷著臉孔只把那「生物」整齊的一堆。

「嘩——不是吧，這麼誇張?!」

剛剛從白府裡走出來的白子非和白四喜，被面前的景象給嚇了一大跳！

這是比武招親，還是孫二娘開黑店要做人肉包子啊？這些男人怎麼全都被打得暈成半死，摞在這裡做剝皮餡啊？最下面那位可憐的仁兄，你還健在否？

白子非充滿同情地盯著人肉堆下最底層的那一位，可憐他臉蛋上面摞屁股，已經被壓得估計連氧氣都沒有了。

言初二坐在初一老大旁邊的圈椅上，一看到白子非從白府裡走出來，立刻親切的對他招招手。「嗨，妹夫，今天閒了出來看熱鬧啊？」

噴！看看這說的是什麼話！

今天難道不是他妹妹在比武招親嗎？他居然還叫自己妹夫，那豈不是代表他老妹正在給自己找綠帽子戴?!他白子非真是閒得無聊，自己出來當烏龜呀！

白子非帥氣無比的把手裡的扇子一推，江南第一奇才出場，當然先要擺個迷倒眾生的POSE。

「言二兄真是多有關心，煩勞您百忙中還惦記著小弟。小弟今日的確有錢有閒，既然有人在小弟門前搭了戲臺，小弟自然不能只待在家裡聽鑼音。今兒帶書僮來此逛逛，不知戲文哪齣，賞銀要幾錢？」

真是秀才PK秀才，說起話來都太極推手，你譏我諷的。白子非一小段話，不僅把言初二的取笑丟了回去，順道還把言家一二三四五六七全都損了個遍，暗譏他們全家人都是戲子，正在他家門前搭臺唱戲呢！

「四喜丸子，銀子拿來！」這還不算完，白子非竟然真的去拉四喜的袖子，要把銀子投到擂臺上去。

可他家書僮正忙著和擂臺邊上的言家藍青綠三個丫頭眉來眼去，絲毫沒有把他這個公子的叫喚放在耳裡。

白子非拉了好幾次，四喜都不理他，大白公子怒了。「四喜丸子！」

「啊，在！公子！」四喜嚇得魂都快飛了。

「你丫的幹什麼呢，我叫了你一千八百次了！」大白公子一生氣就爆粗口。

「公子，人家忙著呢。」四喜嬌滴滴地對他拋個媚眼。「沒看到那邊三個小丫頭嗎，公子，你看我選哪一個才好呀？」

噴！白子非差點沒從四喜的荷包裡拿出銀子來塞進他的嘴裡！

有沒有天理啊，他大白公子終身大事還沒有著落，自己的書僮倒先挑起老婆來？這什麼年代啊，書僮居然比公子吃得開?!

言初二看著白子非羞憤欲死的臉，差點沒爆笑出聲。

這個白家公子，的確才華一流，寫的詩傳遍大江南北，畫的畫震驚世界，可就是在這個

「情」字上，白癡得還不如他家的書僮。明明每天騷擾他家妹妹，卻又不承認自己對初七動了心，這下初七可是要比武招親了，他真的準備在下面丟銀子看戲？

擂臺上，言初七剛剛又手腳麻利地解決一個大蝦，突然看到白子非站在擂臺下面，不由得就停住了手，靜靜地站在擂臺上，眉目盈盈地望著他。

白子非一看到她那個眼神，不由得就全身抖了三抖。

其實，這個言初七長得並不難看，相反的，她還是個很標緻、很清秀的美麗佳人，有著小巧精緻的臉龐，烏雲如水的秀髮，最可愛的是那張粉嫩嫩的小嘴，是花瓣般柔軟的櫻唇，就算那雙水靈靈的大眼睛朝著他投來複雜的目光時，也是那樣的清澈動人。

只不過她自幼習武，眉宇間比那些嬌滴滴的富家小姐們多了一些英氣，可看她沈默不言，揮手就打趴一個笨蛋大蝦，威風凜凜的樣子，還是很讓男人們動心的。

只是……白子非撇撇自己的嘴巴，他可不是這些凡夫俗子，他是神仙啊！

言初四剛好放下手中的算盤，看到白子非站在那裡，開口調侃道：「大白，怎麼，又把我們家初七看進眼裡挖不出來啦？我可告訴你，看我們初七一眼很貴的，不過看在你是我們家鄰居的分上，給你打個九點九折，剛剛的這幾眼，就收你三百兩吧。」

我噴！

白子非真想把口水朝言初四這個守財奴吐過去，他當他妹是什麼？看兩眼還要收錢?!

「幹麼，不想交？」言初四抱著算盤。「我家寶貝妹妹可是不日就要嫁出去了，到時候別說你看兩眼，就算你聽聽她的名字也要問過她的夫婿哦！」

白子非的眉尖倏然一挑。

他雖然很不喜歡言初四的話，但是這一句還是讓他的心裡莫名動了一動。腦海裡不知怎麼就浮現她被人塞進花轎裡、蓋上大紅蓋頭抬走的模樣，他的心臟突然一陣突突亂跳。

「大白，你還是讓開吧，你又不會武功，別在這裡妨礙別人打擂臺。」言初四很不客氣的趕人。

白子非的臉上有些掛不住。「憑什麼我站在這裡就妨礙你們了？這還是我家的地盤呢，你們在我的地盤上搭臺子，有沒有問過我白子非？我們這條街可是寸土寸金，言家搭臺共侵佔了我家門前三點三平方，看在我們兩家還有交情，我可以給你們打個九點九九九折，就算你們三千兩好了。銀子拿來。」

白子非扇子一揮，就直伸到言初四的面前。

言初四臉上一白，低頭看看擂臺下面，竟然真的有三根柱腳立在白府門前的空地上，又被這大白逮了個正著。

白子非看到言初四無言以對，立刻就咚地一聲跳上擂臺。「既然是我家的地盤，我就不客氣了。」

話還沒說完，擂臺下的人群突然嘩的一聲湧了過來！潮水般地把這擂臺圍了個結結實實！

要命，他只是為了和言初四鬥嘴才跳上擂臺，完全沒有想來打擂啊！雖然眼看著這初七小姐

嫁給別人是有點……那啥……不過放眼天下，哪個男人能打敗這麼強悍的言初七啊！所以他一點也不擔心，一點也不想打擂啊啊啊！

白子非正想慘叫一聲，跳下臺去，突然瞟到他的書僮四喜丸子連他的死活都不顧，正在和言初七的三個丫鬟眉來眼去。喵的，這是什麼世道？小書僮都四角戀了，他天下奇才的大白公子居然還在單身！

猛然轉過身去，言初七竟就站在他的面前，一雙水汪汪的大眼睛靜靜地望著他。

那雙大眼睛，那叫一個水靈靈，清澈澈，精緻動人又攝人心魄。

白子非記得當年自己從雲頭上跌落，一把抓起面前這個小鬼的時候，她也是用著這樣一雙大眼睛，靜靜地望著他。

那時候他記得自己在心中慘叫，怎麼人間還會有著這樣的眼睛？簡直比九天玄女身邊的侍女還要仙女啊！莫不她也是神仙下凡？可是明明就是一凡胎啊，真真勾人攝魄得讓人心都縮成一團去。

如今她又站在他的面前，這樣靜靜地望著他……

該死的！不行，她一這樣望著他，他就有種莫名的衝動……神仙是不能衝動滴呀！白子非咬牙，算了，也許現在正是個好機會，不如就這樣把她拉到懷裡來，乾脆的直接吸了仙丹，飛回九天！

顧不了臺下臺上一群瞪大了牛眼的觀眾，白子非朝著她伸出手去——

言初七軟軟的身子，就向著他輕輕一靠。

自幼她武藝再怎麼厲害，也從不曾向他動過一招一式，即使在一百二十七次偷情裡，他每次都試圖偷吻她，她也沒有做過任何反抗。這一次，雖然站在高高的擂臺上，在所有人的面前，她卻依然還是眨著大眼睛，跌入他的懷中……

「該死的，閉上眼！」白子非覺得自己把這句臺詞都說爛了。

於是某個沈默如金的大小姐，不發一言的又把自己水靈靈的大眼睛閉上。

白子非抓住她的肩膀，立刻就要——

「住嘴！怎可當街非禮女子！」

啪！

不知道哪裡突然傳來一聲呼喝，竟然從半空中飛來黑黑的一鞋底，朝著大白的後心口窩，就那麼硬生生地踹了過去！

咚！

天外飛仙！

大白公子正想在眾目睽睽下，給所有人來個擂臺「驚喜」，結果還來不及壓下「狼吻」，就聽得耳後一聲驚呼，隨即腦後風聲呼呼作響，咚地一聲，心口窩就是重重地一熱——

啪！

可憐的大白公子，立刻就從擂臺上飛出去，重重摔在白府朱紅的大門上。

「公子！」四喜丸子終於從四角戀裡驚醒過來，還算有良心地呼喚著公子。

白子非貼在自家的大紅門上，心裡暗罵，現在還叫個屁啊？沒看到公子我已經被人烙成玉米餅了嗎？這到底是哪個無恥小兒，居然從背後偷襲人家啊？不知道他天下第一奇公子是一點功夫也不會，自然也聽不到他呼呼的腳下生風的嗎？

擂臺上下的人群也完全被驚呆了。

除了言初七第一時間擔心地看向白子非的方向，所有人都目瞪口呆地看著這個飛起一腳，天外飛仙般從半空中落下來的黑衣大蝦——不對，是大俠！

從半空中緩緩降下來的這個大俠，身揹一把青玉寶劍，全身黑衣黑袍，黑色髮帶，烏亮亮如瀑布般的長髮在風中輕輕飄揚，兩道劍眉星目令人不敢直視。

最讓人吃驚的並不是他衣袂翩然、帥氣絕塵的氣質，而是那張帥氣中帶著清秀，清秀中有著英挺的眉宇中間，竟然有一記小小的朱砂，把本來英俊如風般的大俠，硬是給帶出了一抹俊美秀氣。

「這是——」言初一一看到來人，不由得打了個激靈。

言初二眉頭一皺，那眉間的一點朱砂，立刻就讓他明白了此人的身分。「莫非，這是名震天下的朱砂公子——雲門的雲淨舒?!」

言初三一看到這麼俊美可人的公子，玉樹臨風地站在那裡，媚眼兒早已忍不住朝著那雲公子丟了過去。「啊……美人兒！雲美人兒！」

臺下瞪大眼看好戲的觀眾們，立刻全都倒抽一口冷氣。

不是吧？這就是傳說中美貌與智慧並存，冷酷與帥氣並重的雲門朱砂公子雲淨舒?!

哇呀呀，想不到遠在煙州的雲門都聽說了姑蘇城內言家大小姐的比武招親，趕來參加搶奪美嬌娘了！

不過一眼看過去，雲淨舒果真如傳說中一樣風度翩然、氣質冷漠，配上擂臺上言家盈盈的初七小姐，實在是神仙般的佳人才子啊！

雲公子為人俠義，劍法超群，言小姐武功高強，秉性善良，他們若做了夫妻，豈不是可以並肩戰鬥，劫富濟貧，成就江湖上一段絕美的姻緣佳話？

哇哈哈，群情立刻激憤起來，嗡地一下就像是蒼蠅般朝著擂臺邊湧了過去。

「雲公子，可是來此比武招親？」眼見大牌登門，言初一不能再坐在那裡，立刻起身招呼。

雲淨舒氣質非凡地站在擂臺之上，很是冷漠地朝著湧圍的人群掃視了一眼，待看到還趴在白府大門上的大白公子，他微微地疊了疊眉間的朱砂，淡淡地微啟薄唇，蹦出兩個字——

「路過。」

噗——言初一差點沒一口血噴出來，妹妹本就夠沈默寡言了，這下居然又來一個「兩字神仙」悶葫蘆?!

言初二知道老大又卡詞了，只好連忙接口道：「呵，原來雲公子是路過我們言家啊，不過多謝雲公子剛剛替我們解決了旁邊那個路人。小妹現在正比武招親，不知雲公子有沒有興趣切磋切

磋呢？」

路人？誰是路人？

某個剛剛被踢出去做玉米烙餅的大白，正從自家的朱紅大門上滑落下來，聽到這個聲音很是不滿的把頭扭回去。

再怎麼說他都是白知府的獨生子，江南第一奇才，居然敢說他是「路人」？而且聽起來大家對這個什麼雲公子的好像很崇敬的樣子……

白子非轉過頭去問四喜：「這傢伙很有名嗎？」

四喜丸子立刻就激動起來，唾沫星子飛到大白的臉上。「公子，您真是一心唯讀聖賢書啊！這位雲公子，出身最神秘的煙州雲門，傳說當年雲門遭受滅門之災，全門上下沒有剩下一個男人，全部只活了女人，唯有這一位雲公子是娘胎裡遺腹的，才存活了下來。於是這小雲公子可是懷著仇恨長大，不知是拜了什麼師父門下，十二歲的時候就找到了滅門的仇人，小小年紀竟然就一個人一把劍殺上門去！仇家自然不把他放在眼裡，可是當夜小雲公子只把大門關閉，三刻之後，仇家七十二口，全部歸西。」

「嘩，不是吧，這麼恐怖！」白子非被嚇了一大跳。

這人間的打打殺殺，他是沒有興趣的，不過血債太重的話，將來可是要下十八層地獄的。

「小雲公子從那時起，就在江湖上聲名鵲起，自他十二歲以來，還沒有哪個人能在比武中贏過他。咱們言家小姐雖然在武林排行榜上也是鼎鼎大名，可是比起這小雲公子來，名氣還是差了那麼一咪咪。」四喜正在和三個小丫頭四角戀愛中，居然很自然就把自己代入言家。「小雲公子的標誌就是額間的那抹朱砂，傳說是他在娘胎時，被人隔著肚皮刺中所留下的。不過……那朱砂真的很拉風啊！」四喜扯出長長的尾音。

大白公子忍無可忍，無須再忍，終於脫下自己的鞋子，一巴掌抽向四喜那丫的！

該死的，每次都吃裡扒外，不是咱家小姐，就是誇人家朱砂，把他這個自家公子擺在哪裡啊？

擂臺之上，卻沒有人注意到旁邊的這主僕兩人，全部人的目光都放在了雲淨舒和言初七的身上。

言初七對於這個小雲公子的出現，也有些意外。

她知道天下的男子，能勝過她的，沒有幾人，因此這些天在擂臺上，她都是一手解決一個，當作是活動活動筋骨，權當健身而已。她一直在等著白府的動靜，等著那個人跳上臺來，只要他來了，她便聽話地縮進他的懷裡，就算爹爹命她比武招親，她也可以在擂臺上自由選擇吧。

不過她怎麼也沒料到，終於等到白子非上台了，他的吻就要落在她的唇上時，竟會突然殺出了一個程咬金——雲淨舒！

果真是風捲雲舒般的絕妙公子，一身黑衣黑衫，風度翩翩。只是，他不會也真的想和她來一場比武招親吧？

雲淨舒站在擂臺上，也悄悄打量起對面這位言家的初七小姐。她果然如傳說中的一樣，不驕不躁，不精靈古怪，也不聒噪煩人，她只是盈盈而立，用她那雙水靈靈的眸子靜靜地望著他，漆亮亮的眸中似乎有粼粼的水光閃爍，緊緊抿住的櫻唇，連一個多餘的字也不曾吐出。

真真一個純淨清秀、沈默不言的絕色佳人啊！

雲淨舒不動聲色地望著她，覺得她眸中的光芒微閃了閃，雖只是那麼輕輕地一動，他卻瞬間就讀懂了她的心思。

莫非她根本不想與他比武，卻擔憂著剛剛被他丟下臺去的那個「色痞」?!

言初七的眸光又悄悄朝著白子非的方向瞄過去，雲淨舒卻抓住這個時機，冷酷無比地開口：「多有得罪。」

臺上臺下的人均是一驚。

雲公子口出此言，簡潔有力，竟是答應要與言小姐動武比試！

眾人皆是一陣驚呼，還沒來得及倒抽一口冷氣，就已經看到雲淨舒向前一步，朝著言初七揮出招數來——

「哇哇哇，開打了！」四喜丸子第一個驚叫起來。「公子完了！公子完了！那個小雲公子真的動手了！」

「你才完了，你家才完了！」白子非被四喜氣得真想再抽他一丫的，不過眼見擂臺上的那男人真的對初七動手了，心裡有些不自在地微動了動，不由得撇了一下嘴。「比武招親，居然先動手，他是不是男人啊？」

這話怎麼聽，都有點酸溜溜的味道。

擂臺上卻已經打得熱鬧。

言初七自不是那嬌滴滴需要人保護的嬌小姐，雲淨舒招數襲來，她不慌不忙，抬手接招。

兩個人一個是江南小擒拿，一個是雲門急風拳，竟都使得如魚得水，虎虎生風。

雲淨舒也沒料到言初七會有這麼好的功夫，本以為弱小女子，即使排行高，也可二、三十招就把她拿下，沒想到她反手是拳，正手為刀，不僅順利地閃躲他的急風拳，竟還在他攻擊的空隙中騰出手來，明著朝他一招制來！

雲淨舒連忙一個側身躲過，再也不敢小看於她。

擂臺下的觀眾們都已經是群情激亢，緊緊地圍住擂臺，就差沒把自己眼睛掛在擂臺上。

媽媽咪呀，這可是千年難得一遇的超級大戲啊！以冷酷、凶狠著稱的小雲公子，大戰言家金瓜公主初七小姐，男女大俠動手的機會本來就少，更何況這是比武招親啊！

白子非站在一邊，表情看起來很是不爽。

四喜在旁邊看熱鬧看得很帶勁。「公子，初七小姐真的快挺不住了哎。」

你才挺不住，你全家都挺不住！

白子非差點又要抽他一丫的，怎麼他的書僮胳膊肘子老是往外拐？不過，眼看著擂臺上的言初七被雲淨舒步步緊逼，兩個人已經從擂臺正中央一直鬥到了擂臺的一小角，眼看言初七的身後已無路可退，馬上就要掉下臺來了……

白子非的心不知道為什麼突地一跳，一千零一個願望的不希望言初七被雲淨舒給打敗！如果輸了，她豈不是就要跑去當那個什麼朱砂公子的……媳婦兒了?!

擂臺上的言初七，也感覺到了自己的危機。

眼前這個朱砂公子，實在不是浪得虛名，早已聞名他的劍法獨步天下，如今一試，他赤手空拳的能力也絲毫不在她之下。

雲門獨創的急風拳，招式奇特，出招迅急，稍稍一個不留意，就有可能被他找到破綻，然後一招制敵！

她暗咬下嘴唇，不敢怠忽。只見她把手腕一抖，從平庸的小擒拿手，立刻就轉成了師父獨傳的「燕子剪」。

這套手招以燕子的尾巴幻化而來，最是輕靈嬌巧，非常適合女孩子施展，言初七又一向動作飛快，屬於女娃之中的練武奇女子，所以雲淨舒對她一下改了招數不太適應，竟被她一招「燕子擺尾」擦著鼻尖就甩了過去！

哇哈哈！初七好，初七妙，初七打得他呱呱叫！

白子非在一旁看到雲淨舒鼻尖被掃到，激動得頓時就尖叫出聲：「打得好！」

最好打暈這丫的，言初六旁邊的人肉堆裡還欠著他的名額嘞！白子非都不知道自己哪裡來的火氣，居然這麼不愛護「眾生」了。

言初七在擂臺上聽到他的叫聲，一向沈默寡言沒有表情的臉蛋竟然微紅了紅，秀秀氣氣的長睫毛眨了一下。

雲淨舒立刻抓住這個空檔，唰地一下子就朝著言初七的喉嚨襲了過去！

言初七反應過來，心內大叫不好！

咚咚就向後猛退兩步，卻忘記自己已然在擂臺邊緣，這樣一退過去，頓時後半隻腳騰空，整個人兒就要朝著臺下直摔過去——

「啊呀！那……」白子非一眼看到，才剛想叫她的名字，那個纖瘦細軟的身子卻立刻被一隻堅實的手臂輕輕地扣住。

大白公子立刻就閉上嘴巴，彷彿誰剛剛給他吃了一個啞炮似的。

「小姐，受驚了。」雲淨舒攬住言初七，聲音雖然微冷，卻依然簡潔有力，再配上他那張白白淨淨、粉瓷一般的俊秀臉龐，眉宇間那顆細紅色的朱砂幾乎要在言初七的面前閃閃發光。

言初七抬眼望著這個把自己擁在懷裡的男人，只是……把貝齒都咬進了自己的嘴唇裡。

「好！」

看武打片看得入神的眾人，被言初一的大叫給嚇到。

粗聲粗氣的言家老大猛然一拍桌子。「雲公子打敗小妹，比武招親已然有了結果！來人，快快去回報爹爹，就說小妹已經招得得意夫婿，請爹爹為小妹主持出閣大禮！」

轟——

臺上臺下立刻亂成一團。

有人拍手叫好，有人匆匆跳進言府去報喜，還有人愣在臺上，有些怔怔地望著面前的男人。

只有那個雲淨舒，好似一切盡在掌握中般凝著眼前的一切，那清秀卓然的樣子，果真充滿了一代大俠的大家風範。

大白公子不知為什麼咬了咬牙，跺了跺腳，伸手抓過還在那邊和言家丫頭眉來眼去的四喜丸子，發狠地一咬牙。「走！」

第三章　朱砂公子遇害

仲夏之夜，清風陣陣。

白子非緊閉著眼睛，在床上躺成個大字，卻怎麼也睡不著。

眼前老是跳動著比武招親的那一幕，在她將將要掉下擂臺的那一刻，那隻突然朝她伸過去的手臂，一下子就攬住了她細細的腰肢……那份優雅和帥氣，真是他想也想不來的。

該死的，他在胡思亂想什麼？那個人不過是個凡夫俗子，一個號稱人間大俠的傢伙；而他可是九天之上的神仙啊，神仙！雖然現在困在這個小地方，但是在那千鈞一髮的時刻，他也可以施仙法來救言初七啊！只要再多給他零點零一秒的時間……

大白抓抓自己的頭髮。

不過仙法一天只能使用一次，他已經好久都沒用過了，連施用仙法的道具都……

「啊呀，不好！」白子非猛然從床上彈起身來，光著腳就三兩步跳到外廳書房。

果不其然，那隻被他從九漠山上逮來的銀皮狐狸，正趴在書房案几的籠子裡，四腳朝天地抱著一只粉白粉白的玉如意，正在那上面「吭哧吭哧」地磨牙齒。

「喂，牙下留玉！」白子非大叫一聲，猛然伸過手去，咻地一聲就把玉如意從狐狸牙下搶了回來。

那隻銀皮狐狸磨得正上癮，被人突然搶了去，立刻就翻身爬起來，生氣的對他亮出自己的尖牙。「喵嗚——」

「喵你個大頭啦！你是隻狐狸不是隻貓！」白子非一巴掌就敲了過去。

銀皮狐狸被擊中額頭，怔了好一下才醒悟過來。「哦，原來我是狐狸嗎?!」

啪啪！白子非額頭青筋直跳，他真算是世間最倒楣的神仙了，為了拿回仙丹，非要親親人家凡塵女子已經是夠慘的了，他這隻無意捉來的狐狸，竟然還是隻有瑕疵的失憶狐狸！每隔半個月就會忘記自己已經修練一千七百年的事實，居然又恢復野性的在那裡從頭修練，真是無奈啊無奈。

白子非拿袖子擦著已經被安狐狸磨掉一點邊緣的玉如意，這可是他作仙法的法器，沒有了它，他施了仙法也無處可用；雖然他法力微小，只能偶爾障眼一下世人而已，不過一天能用一次也足夠了。就讓他使個仙法，把那風什麼雲什麼舒的，吹到十萬八千里外去好了！看他還怎麼搶走初七……嘿嘿嘿。

安狐狸趴在籠子裡，看到大白公子露出比牠還要白的牙齒，不由得驚呼道：「公子，你牙好白！用什麼牌子的竹鹽啊？」

噴！吐血！憤怒！睡覺！

白子非準備不理這個愛失憶的傢伙，轉身回房爬上床。

還沒走出三步，安狐狸居然在籠子裡開口問：「仙人，你要去殺人嗎？那可是要犯天條的。」

「屁！」白子非轉過頭來，痛斥牠：「你少在那裡胡說八道！我什麼時候說要殺人？我只不過想給那小子來陣超級大風，吹他到十萬八千里外而已。」

「破壞大自然也是不道德的！」安狐狸一本正經，細細的狐狸眼睛瞇成一條線。「不過仙人，你還是承認了，你想害人家！」

「閉嘴！」白子非真的快要瀕臨崩潰的邊緣，為啥出現在他身邊的都不是正常人、正常生物啊？他混的這是什麼人間啊？簡直是比地獄還要地獄啊！

「嘻，」狐狸卻已經笑得在籠子裡打滾。「仙人你明明就是看上人家美麗小姐了，居然還不敢承認。再晚上一會兒，人家可是要被冷漠公子娶走嘍！尤其是現在，月明星稀，可真是談戀愛的好時機！仙人，你被人家KO了，死了心GAME OVER吧！」

噗——

白子非吐血一千升。

這是什麼狐狸啊，是從二十一世紀穿越過來的嗎？英文說得比誰都溜，還KO?!他現在最想做的事，就是把牠KO呢！

不過……不過……大白公子皺皺眉，這失憶狐狸的話其實也還有一咪咪的道理——

窗外現在正是明月光，疑似地上下了霜，倘若言初七真的和那個雲淨舒在一起，兩個人賞花、賞月、賞你我……孤男寡女，乾柴烈火……

大白公子突然像是屁股上被插了火藥，咻地一下就閃著星星從屋子裡跳了出去。

「嘻嘻，孺子尚可教也。」銀皮狐狸四腳朝天地躺下，哧哧笑著，又抱過籠子旁邊的硯臺，吭哧吭哧地磨起牙齒來。

白子非一溜煙地竄出屋子，跳到他平日裡整天「鑽山越嶺」的地方，那是他「進出」言家的特別通道，不過今天彷彿被某某搶了先機。他彎下腰來的時候，正看到「行者阿黃」占山為王地趴在那裡，身後還擋著一個黑幽幽的傢伙……

哦哦哦！果然月朗星稀夜，思春動情時！

這下更觸動了白子非，他搬來花園裡的石凳，踩著它就跳上牆頭，朝著言家的後花園裡張望——

月光如水，月色如銀，瀑布一般地流洩在言家後花園裡，亮晶晶的一片燦爛。

真是寂靜無聲，浪漫無比的夜色啊。

只見言家後花園裡，長長的池邊走廊上，有一俊一美兩個身影，均是身材秀長，相貌出色，男的冷酷俊秀，女的高眺柔美；這樣的俊男美女，自是神仙美眷也難以比較的，讓人看過去，真真就像是一幅絕美的畫，令人不忍開口打擾。

不過對這兩個人來說，也沒什麼可打擾的。

因為言初七站在那亭廊下，只是沈靜地看著一片洩進池水裡的銀光，默默地——

「……」

而雲淨舒凝望著半空中的明月，赤紅的朱砂痣微微地閃著俊美的光，靜靜地——

「……」

言初七：「……」

雲淨舒：「……」

言初七：「……」

雲淨舒：「……」

吐血！

白子非趴在牆頭上，看得差點從上面滾落下來。

這兩個人哪裡是賞花賞月賞美人兒，他們兩個根本就是來練閉氣功的吧？看誰能憋得更久？大哥，要練你們也跳進水裡去練啊，他在這裡看得都快要憋死了，這兩個人還一副悠然自在的表情，實在是他這個小神仙所不能理解也！

這兩個人絕對不會乾柴烈火的，他發誓！

白子非趴在牆頭上，對著那邊就喊道：「喂，小子，過來！」

普天之下，敢這麼大大咧咧爬在人家牆頭上，還叫天下聞名的朱砂公子雲淨舒為「小子」的人，大概也就只剩下白子非一個了。

不過他也沒什麼好怕的，因為人家他可是仙人哪！

站在水音廊下的雲淨舒和言初七倒是被這聲音驚了一驚。
雲淨舒瞇著漆亮的眸子，就朝著那牆頭上望去。
言初七看到熟悉的臉龐，雖未開口講話，卻淡淡地彎了彎唇角。
白子非趴在牆頭上，等得辛苦，這兩個「活啞巴」竟然就這麼大眼瞪小眼地看著他，沒有一個人先開口問他做什麼。白子非黑線一大坨，覺得自己做人做仙同樣失敗。
「喂喂喂，沒聽到我叫你嗎？小子，快點過來！大爺有話要說。」
雲淨舒被他這樣的話語弄得有些惱怒，朱砂痣微微一皺。「色痞，粗俗。」
簡潔有力的罵人法，絕對比你問候人家老母都有衝擊力，白子非在牆頭上現在就是這樣的感覺。這傢伙說話和言初七一樣，只用幾個字，就絕對能把他氣得吐血！
「說什麼呢，高貴的小公子！好，你不過來是吧？你不過來我過去！」白子非一邊扒著牆垛跨上牆頭，一邊嘟嘟囔囔。「其實本公子是好心，想提醒你身邊這個女人很恐怖的，我自從五歲與她相識，直到現在還在被她折磨，你要是真的把她娶回家去，保你要痛苦憋氣一輩子……難不成你們兩個真的想練閉氣功練到一頭白毛？」
白子非說不出自己為何要胡說八道，雖然他是和言初七整整糾纏了十五年，但是他深知言初七知書達禮，武藝高強，人品出眾，相貌端莊，總之就是女人中的女人，奇女子中的奇人。但他就是看不得她站在雲淨舒身邊的模樣，雖然那兩個人只是相對「……」、「……」，但那也很憋氣啊！

大白公子吊著腿就從牆頭上往下爬，言初七趕忙上前走了兩步，想要到牆邊去接下他；他不會武功，每次潛入言家，不是走行者阿黃的狗洞，就是由初七幫忙。

雲淨舒一看到自己的「未婚妻」居然去扶別的男人，臉上也有些掛不住。

他立時搶在言初七的面前，把白子非一擋。「夜靜更深，豈可擅闖?!」

哇，這傢伙會說成句的話啊！白子非還以為他真和初七一樣，是三句半愛好者呢。

「這不是擅闖，我只是隨便來逛逛。這園子我可來了一千七百回了，比你熟悉多了，你身邊的這位，可也是和我從小青梅竹馬……」

「放肆！」雲淨舒突然怒了，唰地一聲從自己的背後抽出佩劍，亮晶晶的劍刃咻地一聲就指到了白子非的眼前！

白子非被嚇得心頭突地一跳。仙人也怕死啊！

言初七也被雲淨舒的劍尖嚇了一跳，連忙上前一步，一下子就擋在他們兩人之間。

雲淨舒鋒利的劍尖，在月光下閃著明晃晃的光。「你以前如何待言小姐，雲某不想追究。但此日之後，初七就是雲某的未婚妻，再敢如此夜半亂闖，張口胡說，別怪雲某不客氣！」

唰！劍光一挑，寒光冷冽！

白子非被他很是嚇了一嚇，不僅是為那鋒利的劍鋒，還為了雲淨舒竟然說出這麼長的一段話來。原來悶葫蘆也不是啞巴，而且說起正經話來，還更加嚇人！

但他的話，實在也讓白子非非常的不爽。未婚妻?只不過是在那擂臺上比劃幾下，就要把言

初七帶走了？這無本娶老婆的生意可真是划算，倘若他白子非會武功的話，早就跳上擂臺和雲淨舒好好爭個高下了！

「雲公子！」言初七也有些不滿了，雖然她爹已經開口認了他作女婿，但她這個當事人還沒有承認呢。

白子非收起嬉皮笑臉的表情，挑起俊秀的眉，毫不懼怕地對著雲淨舒道：「雲公子好氣魄！我與初七的過去，你的確沒有什麼資格追究，因為她尚在襁褓中我就與她相識，此為青梅；而她自幼習武，私館裡拜師讀書，我又與她同窗，此為竹馬；十五年相處的時光，我的話可有什麼錯誤，可以讓雲公子訓斥在下『放肆』？沒錯，今日雲公子是在擂臺之上贏了初七，但武林之中這種一武定終身，而使得兩人備受痛苦的婚姻還少嗎？雲公子在江湖中闖蕩，此等事例自是比在下見的多出許多。據說當年雲門招來滅門之禍，不也是雲門中某位清秀佳人與別人一見鍾情而惹下的禍事嗎？雲公子身為當事人，又豈不知道這種事態的嚴重？」

這一番話，聲色俱厲又有例有證，果然不負江南第一奇才白公子的盛名。最後那一句，更是像尖刀一樣直刺入雲淨舒的心底，那久久未曾有人敢觸動的傷痕，立刻就像是火把一般地燃燒起來！

雲淨舒緊緊皺眉，朱砂痣都深深地鎖在眉宇間，憤怒的火焰已經使他那雙凌厲的眸中冒出血光，眼看就要熊熊地燒灼起來！

唰！

他把流星追月劍猛然一揮，凌厲的攻勢立刻就朝著白子非襲了過去！

他不是什麼江南奇才，沒有什麼伶牙俐齒，但是倘若敢在他的面前提起雲門的傷心往事，那麼便只有一個下場——死！

「不可！」言初七看到雲淨舒真的生氣了，他揮出來的劍風再不像剛剛只是在嚇唬白子非，連忙順手折斷旁邊樹上的樹枝，迅疾地朝著雲淨舒的長劍迎了過去！

白子非猛然皺眉，知道他是真的惹怒雲淨舒，不由得握緊了手裡的玉如意，倘若真到萬一之時，他便悄悄動用仙術。

就在這緊張萬分的時刻，言初七手裡的樹枝還沒有迎上雲淨舒的長劍，卻聽得空氣中倏然閃過一道流星似的，頓時就把那氣流全都飛利地劈開！

白子非還沒有明白過來，只覺得臉頰像是被流火擦過一般，火辣辣的一痛，噗地一聲——鮮血立刻就像泉水一樣噴濺出來。

完了完了，今天神仙也要升天了！

白子非緊張得閉起眼睛，其實他應該不會死的，但是會很痛很痛，因為他降到人間之後，是幻化了白知府兒子的身體，他會痛會流血，當然也會掛掉的，只不過閻王殿裡不會有他的名冊罷了。

不過，怎麼回事？一點兒也不痛？也沒流血流到濕乎乎？難道……不是他受傷了?!

白子非猛然張開眼睛，一把就抓住眼前的言初七。

還好還好，她好端端地站在他的面前，全身上下也沒有一點傷口的模樣。

呼——白子非這才喘口氣。

可是……可是雲淨舒……

赤紅色的朱砂痣，緊緊地凝在眉宇間。鮮紅的血，從他的胸口潸潸流下……即使是那樣一身墨黑的黑衣，也難以掩藏住那刺目的鮮血……那柄亮如銀月的青玉劍，竟在他們的面前劃過一道流星般的光芒……

咚！

雲淨舒迎面倒在地上！

哎呀，名滿天下的朱砂公子雲淨舒，竟然……就這樣中箭身亡?!

「愛婿啊——賢婿啊——你怎麼走得那麼早啊！」言大老爺看到雲淨舒血流如注的屍身，哭得那叫一個唏哩嘩啦。

難怪言大老爺心疼，這麼英俊出色又名震天下的女婿，根本連言家凳子都沒坐熱呢，居然就一命嗚呼了！

言初二上前拉拉老爹的衣服。「爹，現在不是哭的時候，雲公子剛剛進入我們言家，就突然暴斃，箇中定有蹊蹺！而且這箭刺得那麼深，好似不是相隔遙遠的人所能做出來的，更巧的是，隔壁的白子非剛剛好在這個時間翻過牆來……」

「白子非？」言大老爺滿臉麵條淚，差點不記得白子非是誰。

言初三拿手帕捂著口鼻，看著雲淨舒英俊無比的臉孔，卻血浸衣衫的胸膛，忍不住有些可惜地嘆道：「美人果然都不長命，可惜啊可惜。不過兇手還用說嗎？肯定是大白！他眼見我家小七妹要嫁給雲淨舒了，才會下這樣的毒手！」

「他不會！」

言初三的話還沒有說完，就聽到大廳外傳來一聲嬌喝。竟是從來都少言寡語的言初七，在議事廳門外橫眉冷目，臉上的表情像是對三哥很是生氣的樣子。

言初三甚少見到寶貝妹妹這樣的表情，不由得縮了縮。「七妹別太偏心了，這箭傷還有刺入胸口的方向，都像是近身之人才能做出來的，而當時又只有妳和大白及小雲公子在一起，不是他又會是誰？」

言初七啞口無言，她本就不擅言辭，雖有萬千理由在胸中激盪，但卻一個字都吐不出來。

反而有人從她的身後推開她，一步就跨進議事廳裡來。

卻是言家最不想看到的「仇人」白子非，一身白衣白袍，劍眉星目地站在那裡。

他自知言家上上下下都在懷疑他，臉上的表情卻是非常的坦然。「現在懷疑我是兇手，對嗎？那我就請問言家二公子，倘若我是兇手，為什麼要拿箭在自己的臉上劃出傷痕，才刺向他的胸膛？就算你會說我臉上的傷，是因為拉弓搭弦所劃傷，那麼我再問，天下人皆知我白子非秀才一個，飽讀詩書寫字作畫，何時見過我拉弓射箭？再者我們兩家相鄰十幾年，我會不會武功，眾位公子會不得而知？然後再請問，這雲淨舒可是何人？天下聞名，可一人斬殺別人七十二口的朱砂公子，倘若我這個手無縛雞之力的秀才真的去襲擊他，他會不做出任何反應，就任我拿利箭朝他刺下去嗎？我若如此厲害，擂臺之上，還會被他一腳踹飛？」

白子非朗聲申訴，條理清晰，鏗鏘有力，一字一句砸在那裡，任言家任何人都找不到反駁的理由。

言初七站在他的身邊，眉目忍不住輕輕微彎。

他每次都能說出她心底所想，讓她甚是有種透澈清爽的痛快。

言家六位公子相互對視一眼，自是明白白子非所說理由，便也沒有其他什麼話好講。

言大老爺看著躺在地上的雲淨舒，淚光閃閃。「那如此說來，我家賢婿就這樣沒了嗎？」

「當然不會。」白子非的唇角微微彎起。「他當然不會死得這樣不明不白，因為他是在你們言家中了箭，你們言家上上下下每個人都是被懷疑的對象！居然敢誣賴我是兇手，這是誹謗，紅果果的誹謗！我要到衙門那裡去告發你們，告你們誹謗我這麼清純的公子哥！」

撲通！言家的少男老男們，頓時都跌成一團。

這個ＸＸ的大白，上幾句還星光閃閃，一副正兒八經的模樣，下兩句不知道怎麼就彎到哪兒去了，居然反咬他們一口誹謗，還是誹謗他這麼「清純」的公子哥?!有沒有搞錯，他還清純？從小到大，他已經跑來勾引他們寶貝妹妹一百二十七次了，他還清純?!

被白子非雷得快要暈倒的言家兄弟們從地上爬起來，忽然言初四朝雲淨舒的身邊湊了湊，伸出手指往雲淨舒的鼻翼下輕輕一測。

「爹，兄弟們，小雲公子還沒有死！尚有一絲微溫的呼吸呢！」這一句話，立刻就炸驚了在場的所有人。

言初一立刻去按雲淨舒的頸脈；言初二掐住雲淨舒的手腕；言初三站得遠遠的，打量著小雲公子的眼簾；言初五和言初六一左一右，一個按按雲淨舒的傷口，一個趴下去直接去聽他的心跳！

或許是言初五的手指按在雲淨舒的傷上，很是疼痛，已經差點被誤認身亡的雲淨舒，竟然輕輕抖了一下嘴唇，一聲細微的呻吟聲就這麼逸了出來。

「唔……」

言初一立刻驚喜的大吼：「活著活著！爹，他真的還活著！」

言大老爺一聽到雲淨舒還活著，立刻驚喜得雙眼發亮，就想要朝著雲淨舒衝過去，卻沒想到言初五按了一下雲淨舒的傷口，黑色的血一下子噴了出來！

「他中了毒！」言初七立刻驚叫了一聲。

眾人這才發現雲淨舒的臉色已經微變，從剛剛失血的蒼白，瞬即轉成了淡淡的青紫之色，傷口處撕開的肌膚也向外翻出，呈現黑色的血肉，流出來的血更是不用細說，那墨黑墨黑的顏色，只消搭眼看去，就知道已經被毒液所浸染，毒物攻心了！

言大老爺激動揮手，朝著門外大叫：「快來人，去請城內最好的大夫速速前來！」

一時間，言家立刻就被烏雲緊緊籠罩。

白子非卻驀然蹲下身來，朝著雲淨舒胸口上的傷處用力按了一把，更多的黑血，噴泉似地噴灑出來。

言初三被嚇得跳出好遠，拿著手帕的手憤怒地指著他。「喂喂喂，大白，別太狠了哦，人家已經身受重傷，血浸劇毒，你還這麼折磨人家？你怕他不死啊？」

「哼，我有那麼辣手摧花嗎？」白子非對他怒目而視。

言初三想都不想的點頭。「你有。」

白子非差點沒暈倒！

就說好人好仙都不好做，他這麼一個奉公守法、不亂用仙術、也沒強迫他家小七妹的良好下凡神民，這個可惡的言初三居然敢這麼說他？哼，看來好仙真是做不得！

但現在來不及計較這些。

白子非突然把袖子一捲。「快把他抬到我們白府去。」

「幹麼？你要殺人碎屍?!」言初三驚恐地看著他。

白子非怒目。「我要給他療傷治毒！別說你們去請那什麼江湖郎中，這姑蘇城內，有誰的醫術還能超得了我白子非？快點，再晚上一炷香，就算我是神仙也救不了他了！」

言家兄弟們全都一愣，六雙眼睛齊唰唰地投向言大老爺。

言大老爺虎軀一震，說真的，他們言家並未見過白子非行醫，但是白子非被評為江南第一奇才，而不是江南第一才子，自有其中之奧妙。

據傳言，白子非這個男人不僅長相英俊，而且飽讀詩書，上自上古三仙代，下至黎民百姓事，他都能倒背如流。白府裡有一棟筒子般的十層藏書樓，據說那裡面所有的書籍都已經被白子非所翻爛，所以對他來說，醫術、軍事、商業、經營、管理等等類別的技術，他都能爛熟於心。

例如烤白薯和炸油條這樣有「高技術含量」的技術活，白子非都能幹得非常出色，更何況那些醫術、商鋪？所以江南第一奇才，乃是除了武功之外的全能型、立體式、交互培養出來的全能型人才。說白了，他就是不能幹生孩子的活，剩下其他的都一手包辦了。

但即便有這樣的傳言，言家人還是有些猶豫。

只有言初七向前走了一步，用著她那清澈無比的聲音，非常鄭重地開口：「爹，我信他。」

寶貝金瓜女兒的話，對言大老爺來說，可是比聖旨都管用的。與其坐在這裡看著雲淨舒臉色越來越鐵青，不如就把他送到白子非那裡去，大白要真想害他，何必專程把他弄回白府那麼大張旗鼓！

言大老爺痛快地一拍大腿。「好，白小子，就聽你的。活了送回來，死了算你的！」

切！這買賣，可真不上算！

白子非旋風般地衝進自己的書房裡，唏哩嘩啦地翻書櫃，那些都已經破破爛爛的書籍哐哩哐啷地從櫃上滾下來，散落成一團。

書案上的籠子裡，那隻銀皮狐狸正在打坐，一聽到唏哩嘩啦的聲音，立刻就抬起狐狸爪，驚慌失色地喊：「哇，神仙！」

白子非正在忙碌。「神仙你個大頭，這句話你已經叫過七百七十三次了。」

「呃，真的麼？」狐狸爪搗進自己的狐狸嘴巴裡，驚悚地望著面前的白子非。

白子非剛好翻到了他要的東西，隨手一撥籠子。「乃個沒用的狐狸，今天又失憶了？少廢話，快出來，我今天要你幫忙。」

銀毛狐狸從籠子裡跳出來，咻地一聲落在地上，一下子就幻化成清秀俊俏的小公子。

白子非一轉身，差點被嚇了一大跳，伸手就咚地一聲敲在安狐狸的額頭上。「你想嚇死我啊？不許你再變成我的模樣，一轉身還以為撞上鏡子了呢。」

安狐狸被主人敲了個正著，俊俏的額頭上立刻紅紅地鼓個大包。「人家失憶了嘛，又沒有參照物……」

「變女人！」白子非生氣地吼牠。

安狐狸委屈的直癟嘴。「我記得我有小ＪＪ啊……」

白子非簡直快要被牠氣瘋了，現在這隻笨狐狸正變成自己的模樣，可是卻動手要脫身上的衣服，簡直就像他自己在照鏡子脫光光一樣……還小ＪＪ……受不了了！

大白瀕臨崩潰邊緣地拿著古書朝牠的頭上猛地一拍。「變如花！快點，再晚一會兒，那個傢伙就救不回來了。我記得神行針就在這裡的，給他扎上一針，肯定有用。」

「神行針?!」安狐狸被迫變成如花大姐的模樣。「仙人你要殺人?好狠的心吶，這神行針一針下去，凡人都會五臟俱焚的。」

白子非終於在書櫃中翻到了那個棗紅色的小盒子，盒中有一枚銀光閃閃的冰冷銀針。他捏起那根針，就像打針的大夫一樣和那針尖相互對眼。「要的就是五臟俱焚。」

「哇！仙人你好恐怖！」安狐狸嚇得一跳離他三尺遠。

「少廢話，快跟我走。」白子非伸手扯住安狐狸，就從書房裡狂奔出來。

言家的幾位公子正站在白府的客房外面，昏迷不醒的雲淨舒已經被送進了房間，眾人都有些心急地等待著，突然看到白子非拉著阿花狐狸跑出來，都嚇了一大跳。

言初三是最怕這種醜女的，拿手帕捂著鼻子，嚇得要躲到言初一的身後。

偏偏如花狐狸一看到言初三，就狐狸眼睛閃閃亮。「哇，那個是美人！我喜歡美人！」

「美你個大頭鬼！先做正事！」白子非一把就掐住安狐狸。

失憶的狐狸真是夠嗆，大白公子心內有些不安。本來為失了魂魄的凡人逼毒療傷，就是一件很危險的事情，更何況再加上這隻失憶狐狸，白子非的心裡還真的沒有多少勝算。

言家幾個兄弟看著他的目光也是有些懷疑，言初二還上前問了句：「大白，你真的能救得了他嗎?他可是雲門的朱砂公子。」

「放心，我若救不了他，一定一針戳死他！不會給他反滅我的機會的。」白子非晃晃自己手裡的銀針。

言家幾個兄弟看到那閃亮亮的銀針，頓時都倒抽一口冷氣。

白子非也不多言，轉身就往房內走。

言初七站在房門口，看到他大步流星地踏過來，竟然很小女兒地伸手扯住了他的衣角。

白子非的腳步一停。

言初七抬起頭來，盈盈的目光，靜靜地望著他。

白子非：「……」

言初七：「……」

白子非：「……」

言初七：「……」

白子非看著她，憋得快要內傷。

大小姐，拜託妳說一個字也好啊，這麼耍酷的應該是男人，不是女人吧？

唉，人家神仙下凡，都能遇個精靈古怪、聒噪到讓人崩潰的女主角，他怎麼連下凡都這麼另類，偏遇到這個不言不語的小金瓜蛋！

白子非把她扯住衣袍的手輕握了一握。「放心吧，妳不是信我嗎？」

一句話，言初七就輕輕地放開扯住他衣角的手。

水靈靈的大眼睛裡，有著堅定而漆亮的光。

白子非望了一眼言初七，大步踏進客房內。

第四章　回家吧，我們回家

甫一入房，就是一股濃重的血腥味，差點沒把如花狐狸給熏出門去。

如花狐狸捂住鼻子。「仙人，好重的血腥，這會讓我不小心露出狐狸尾巴的。」

「要露便露，你三點全露也沒人管。」白子非把古書放在桌上。

「仙人，你好色哦！」如花狐狸對他癟癟嘴。「明知道人家現在是女人，還讓人家露三點。比基尼怎麼樣？」

大白公子青筋突突亂跳，修長的手指向旁邊一伸。「把開水端過來。」

如花狐狸咻地一聲雙手抱住前胸。「仙人，你真的要把人家洗白白滾床單？嗚……人家還沒有思想準備，可是仙人，你要溫柔點哦！」如花狐狸爬上桌子，擺出一個妖媚的姿勢。

大白公子的血管終於啪地一聲跳斷，伸手扯過桌布，咚地一聲就把如花狐狸摔到地上，很是憤怒的怒吼：「去端水來！」

如花狐狸被他憤怒的表情嚇得小心肝撲通撲通，不過真的不敢再胡鬧，仙人生氣了，後果很嚴重。快步跑到偏房裡，把丫頭們先前準備好的開水小心翼翼地端了過來。

白子非坐到床前。

雲淨舒躺在雕花大床上，胸前撕裂的傷口已經完全變黑，皮肉裹著碎開的布料，黑色的血液汩汩地流出來，使那黑衣都已經凝結成了一大片。

可憐這名滿天下的朱砂公子，竟也有這麼狼狽而蒼白的時刻，俊秀的臉孔上已經沒有一絲血色，緊閉的眼簾、鎖緊的眉宇、薄薄的嘴唇都變成了一抹令人心痛的青紫。

如花狐狸把水端來，放在一邊的凳子上，只是伸頭朝著雲淨舒這邊望了一眼，濃重的血腥味就讓牠忍不住撲地一聲，裙子後面竟然探出一條毛茸茸的大尾巴來。

「完了完了，仙人我尾巴掉出來了。」如花狐狸驚恐道。

牠雖然已經修練了一千七百年，但是不知在什麼時候受了傷，失憶的情況常會反反覆覆的出現，因而牠的修練也一直在反復著，身上的妖氣也並未減少。所以在一遇到這樣血腥濃重的時刻，牠身上的妖味便會加深，嗜血的本性也會流露出來，不僅尾巴會掉下來，連尖尖的利牙都會從口中生出來呢。

白子非皺眉看著雲淨舒。「自己處理，不行就把尾巴盤到腰裡。」

囧。

如花狐狸實在窘迫非常，誰見過美美的銀毛狐狸，腰裡還盤著尾巴的？

但此時也沒別的辦法，如花狐狸撈起自己的尾巴，努力地往腰裡盤。「仙人，這人怕是中了很厲害的毒，血脈都已經發紫了，仙人還能救他嗎？」

「救不救得了，就看這一針。」白子非抽出那根神行針，再往拿來的那本古書上看了一眼。神行針，乃是一道神針，傳說是從金雞大仙的眼睛裡所修煉出來的，可隨神仙的血脈遊走，瞬間打通七經八脈。可是那不過是給神仙修練用的，這樣一針刺進凡人的體內，不立刻把他五臟俱焚了才怪。

「哇，仙人，你這一針下去，他定會一命嗚呼的。」如花狐狸看著可憐的雲淨舒。「仙人，其實你很恨他吧？就因為他是你的情敵，要搶了初七小姐是吧？仙人，你真是好狠的心。」

白子非真是懶得和牠囉嗦，拔出那根銀針來，仔細地凝視一下。「狐狸，我現在要用仙法為他逼毒療傷，你在我的身後，萬一我仙力不濟，你一定要從我的背後頂上。」

「啊？為什麼啊？我才修練了三天，我沒功力耶！」如花狐狸又鬧失憶。

白子非已經不想和牠說話了，再講下去，只怕會氣得想要一針扎死牠。

他捏住那根銀針，屏息，運氣，對著雲淨舒的那個傷口，迅疾地就向下一推！

咻！

神行針一觸到雲淨舒的傷口，立刻就幻化成一隻軟綿綿的銀蟲，唰地一下順著他的血脈侵入他的身體！

「啊！」雲淨舒異物入身，痛得從昏迷中大叫一聲，竟有一口鮮血從他的嘴中噴出。

如花狐狸站在床前，差點被噴個滿頭滿臉。

幸好牠反應夠快，一下子就向旁邊閃開。但這隻狐狸很不給大白面子地尖叫一聲：「啊——仙人殺人啦！」

吐血！

白子非真想一隻手掐死牠！

但現在是關鍵時刻，神行針一入雲淨舒的血脈，就會順著他的血管上行至他的全身！白子非現在一定要用仙法控制住針的走向，否則一旦穿破他的腦膜，進入他的顱腦，可就糟糕了！

所以顧不得再和如花狐狸鬥嘴，白子非拿出自己的法器玉如意，默唸了一句什麼咒語，全身的仙力立刻就集中在他的指尖，順著玉如意探出的方向，唰地一下子噴射出去——

霎時間，整間客房裡金光四射，白子非仙法所聚之處，雲淨舒的身體彷彿變成了透明的，幾乎能看到那神行針在他的血脈中如何穿行，急速地遊走！

白子非拚命控制著神行針，令它一路通過雲淨舒中毒的血脈，就像是一個引路者一般，竟然帶著那些毒血，一直向著他的傷口處游移而去！

噗——噗——

黑色的血，一直像瀑布一般噴射出來，如花狐狸看得是膽戰心驚，妖氣畢現。

白子非用盡全力地控制著神行針，但他本就是九天之上的一個小仙，仙法並不怎麼廣大，再加上他下凡多年，極少動用仙法，很快就感覺到仙力不支。

「花狐狸，快過來！」白子非覺得自己就快要不行，連忙大叫狐狸的名字。

「啊？呃，人家不叫花狐狸，人家姓安啦！不然你叫人家美美滴銀毛狐也可以。」如花狐狸盤著尾巴，摳著鼻子還做個美人POSE。

白子非青筋直跳。「給我過來！不然你再犯失憶的時候，我就把你丟回九漠山！」

「啊，不要！」如花狐狸被他的威脅嚇到，連忙跳到白子非的身後。九漠山可是遠近聞名的妖怪山，那裡被神仙們用仙法鎮住的妖怪不計其數。安狐狸就是因為失憶，而被丟在九漠山裡，幸好大白仙人救了牠。

如花狐狸嘁哩哐啷地帶著腰裡盤住的尾巴，很聽話地跳到白子非的身後，默默運功，把人形爪朝著大白仙人的背後一拍！

嘩——一股暖暖的功力就像是溫暖的泉水一樣，注進大白的體內。

白子非咬牙，把手中的仙器猛然一推！

差點要失控了的神行針，跟著他手中的仙器迅速地移動起來，在雲淨舒受了傷的五臟六腑內飛快游移，把那些已經微微發黑的血液，都一點一點地逼出傷口。直到神行針在他的胸口處轉了一個大圓之後，白子非和如花狐狸都已經大汗淋漓，功力耗盡。

白子非咬牙，大吼一聲：「退！」

神行針受了仙法的強制，噗地一聲就從雲淨舒的傷口處飛了出來，咻地跳回到錦盒裡，自己猛然蓋上盒蓋。

「啊！」

昏迷中的雲淨舒只覺得五臟六腑內都燃起了火焰般，痛得他如同在遭受火焚之苦，最後更是痛入心骨，忍不住大叫一聲，狂吐出一口鮮血。

白子非連忙按住他的傷處，用床邊的那盆清水猛然淋了過去。

清水洗過那墨黑的傷處，濃重的血水瞬間退去，鮮紅的血肉立刻露了出來。

白子非長舒一口氣，筋疲力盡。

窗外等待的人看到房內亮光閃閃，而雲淨舒又是一聲慘叫，不由得都心急地圍了過來。

言初七更是擔心地扣住那房門。

白子非半倒在雕花大床上，像是有通天眼能看到門外擔心的她似的，輕輕開口道：「別擔心，他已無性命之危。」

呼——

門外人似乎也同舒了一口氣。

大白公子倚在那裡，皺著眉頭才回味過來，自己要她別擔心，那她擔心的——到底是躺在床上的雲淨舒？還是幫朱砂公子療傷的自己呢？這可真是猜不透的一道謎題吶……

小雲公子大難不死，必有後福。

幾天來，言大老爺老是樂呵呵的進進出出，看到那一整排跟守衛似的兒子們，也不會覺得那麼煩躁了。

他的寶貝金瓜女兒就要出嫁了，豈不是讓人快哉快哉？因此言大老爺每日晨昏必定進雲淨舒的房內探望，比當年初七奶奶活著的時候還要多盡孝心。

眼看著雲淨舒半躺在病床上，慢慢地把一碗蔘湯都喝光的時候，言大老爺笑得臉上的皺紋都舒展開了。

「好啊好啊，雲公子能吃能喝，定能恢復。」

潛臺詞是：好啊好啊，你快吃快喝，好了快把我女兒娶走吧。

雲淨舒看了一眼旁邊的言大老爺，微微地欠了欠身。「讓世伯擔憂了。」

言大老爺笑咪咪。「小雲公子說的是哪裡話，你在我們府中受傷，為你治療，幫你養傷，乃是老朽分內之事。更何況江湖上都已經傳開，雲公子可是我家賢婿，我們早已是一家人，這等小事，又有何可在意的？」

雲淨舒微微皺了一下眉，也沒有反駁。

「不過小雲公子，你那日是如何受的傷，可還記得嗎？老朽原本懷疑是隔壁的大白小子，可是他自幼勤讀詩書，不曾練武，而且後來是他用家傳妙法才救了你，自不會害你。所以老朽至今都不明白，名震天下的朱砂公子又怎會被人偷襲中毒？」言大老爺這個問題可悶在心裡四、五天了，悶得他覺睡不好，飯吃不下，可把鬍子都悶白了幾根。

雲淨舒的眉頭皺得更緊了，眉宇中央的那枚朱砂痣，都微微地疊了起來。

「那日之事……」

言大老爺瞪大眼睛，屏住氣息，豎起耳朵！

事情的真相，只有一個！那就是——

「我不記得了。」

咚！

言大老爺差點沒從椅子上跌下來，把下巴磕碎。

好奇心真的可以殺死貓啊，他忘記雲淨舒根本就是和他的寶貝金瓜女兒是同一類的人，惜字如金不說，還常常來個三句半的重點兩個字，不是把他噎得無話可說，就是把他氣得吐血。哎哎哎，這小子和他家丫頭，還真是絕配呢！

「沒關係沒關係！不記得沒關係。賢婿安心在此休養，我已派初一、初五和初六加強言家的戒備，院內院外的護院都已經增加了三百名，別說什麼刺客，就算連隻蒼蠅也別想飛進來。賢婿在這裡安心養傷，絕對不會有人再傷害你。」

雲淨舒終於舒展眉頭，微微頷首。「有勞世伯。」

「好說好說。」言大老爺心情好地搖手，好似日本名產招財貓，只要英俊可愛的女婿心情好，那麼他的女兒也就會心情好，於是他的心情也會跟著好。

雲淨舒看著言大老爺心情似乎不錯，有些謹慎地開口：「世伯，我有一事相求……」

「我答應！」言大老爺立刻咻地一聲蹦起來，興奮得頭頂要冒青煙。「賢婿無論說什麼，老朽都答應！要多少陪嫁，儘管開口！只要不把老朽也陪了去，家裡東西隨你挑！」

雲淨舒被衝動的言大老爺嚇了一跳，臉孔差點抽筋。

「世伯，在下的身上雖已無毒，卻傷及筋骨，我想先返回雲門，有勞世伯派幾個人，陪我一路回去雲門。」雲淨舒緩緩說道。

言大老爺自然為女婿還會說這麼長的句子而感動，不過這番話卻讓他有點失落。

「啊，賢婿要回家去麼？」

「嗯。」

「不日就要離開麼？」

「嗯。」

「要老朽派人護送你麼？」

「嗯。」

賢婿你多說一個字會死啊！言大老爺在心底默默流過兩行淚。

言府是開鏢局的，而雲淨舒又是在言府受的傷，言大老爺自然應該派人護送他回去，只是他的心裡好捨不得呀！

「小雲公子此時一去，何日歸來？」言大老爺心情沈重。

雲淨舒看著言大老爺垮下的鬍子，自然明白他的心思。

「世伯，我還想帶初七走。」

「嗯？」換言大老爺一個字。

接著，嘴巴咧到老大。

「好哇好哇！帶走吧帶走吧，快帶她走吧！」

言初七如果此時站在門外，一定要傷心死了。她一定會懷疑自己是爹爹撿回來的，這般急切

的口氣，簡直就像要趕她出門似的！

雲淨舒也忍不住微微地彎了彎嘴角。「我會照顧好言小姐，世伯請放心。」

哦呵呵，誰照顧誰，言大老爺並不關心，只要他們親親密密，他這個當爹的就一切沒問題。最好小倆口速度快一點，他還等著做外公呢。

雲淨舒俊朗的眸子朝屋內掃了一眼。「連日都未見言小姐，不知她現在……」

「咦，初七沒來看過你嗎？」言大老爺這才發現，他天天來這裡報到，竟也沒有見過女兒。

「雲公子放心，初七一向溫順聽話，不會到處亂跑，更何況現在院內院外都排滿了護衛，她就算是想出門，沒有個一時三刻，估計也擠不出去。」

沒錯，言大老爺的話，一點也沒錯！

言初七站在自己的閨房前面，有些目瞪口呆地望著後院裡，假山上、廊亭下、房頂上，到處都站滿了穿著言家鏢局青色制服的護衛，每個人的前胸大大地印著一個「局」，後背大大地印著一個「衛」，烏央烏央（註二）地在整個院子裡瞎晃蕩。

知道的人明白他們都是言家鏢局的護衛，不知道的人還以為他們是知府衛生局派來的特別檢查員呢！這叫一個人多，這叫一個擁擠，連姑蘇城裡最熱鬧的集市都趕不上她家裡一片黑壓壓的人頭！

「小姐！小姐！」言小綠苦著一張臉朝著言初七奔過來。「小姐救命啊，人家都憋得受不了啦！」

言初七挑眉，驚訝地望著眼前抱著小腹、痛得直想跳腳又不敢多動的言小綠。

言小藍很同情地望著小綠。「莫不是……妳去茅廁這麼半天，還沒有挨上號吧?!」

言小綠的臉都要綠了，欲哭無淚。「茅廁那邊的人都排到三里鋪啦，我就是再排上一天，三更時分也未必能輪上我！小姐，救命哇！」

什麼？有這麼誇張嗎？

言初七驚疑地把目光投向離閨房很遠的、院子角落裡的那處「五穀輪迴之所」。

果不其然！

茅廁門前的隊伍，早就已經排成了長龍，還很有秩序的在院子裡扭了個「8」字型，然後再彎彎曲曲地繞到大門外面，一直排到很遠很遠很遠……的地方。

哇，看到這樣的隊伍，想去茅廁的人不崩潰才怪。

最誇張的是，五穀所內突然有人大叫：「廁紙沒有啦，快讓人送五車來！」

五車！

「……」言初七站在那裡，不曾開口卻也跟眼前的言小藍一起驚愕。

還好言小青拍著剛剛洗過的手兒走過來，越過重重的人海，笑咪咪地看著她們。「小綠，妳還沒解決吶？我都說了，浴室那房裡有個木馬桶……」

註二：烏央烏央，熱鬧吵雜的意思。

咻地一聲。

只見一道綠光閃過。

言小綠已經像支綠色的火箭一般，直竄進浴房裡。

言初七搖搖頭，默默無語。

「咻——咻——」忽地，從牆邊傳來細微的口哨聲，要不是言初七一向習武，聽力非常，在這嘈雜如集市一樣的地方要聽到那小小的口哨聲可真不容易。

言初七朝著聲音傳來的地方望過去，正是行者阿黃經常出入言家的特別綠色通道。那裡正露出半張帥帥的臉龐，和那半截帥帥的白衣。

言初七忍不住彎起了嘴角，朝著牆邊走過去，慢慢地伏低身子。

白子非趴在「綠色通道」裡，悄聲問：「喂，那小子還活著吧？」

「嗯。」言初七點點頭。

「已經清醒？」

「嗯。」

「毒血也已經排清?傷口已經縫合?」

「嗯。」

言大小姐的風格，字字如金。

白子非被她憋得內傷，從小到大每次都是這樣，三棍子都打不出一個屁來，雖然美麗的小姐放屁是不用棍子打的。

不過言初七微微地眨了眨眼睛。「你很關心他。」

嗚呼，還好，這次多了好多字。

白子非感動得差點要痛哭流涕。「那是自然，他可是我拚了命救回來的哦，有我才有他，有他才有我。」

這句話說的讓言初七微微地挑了挑眉，卻沒再接下去。

正當這時，言小綠終於解決了生理問題，卻看到小姐在一群烏央烏央走來走去的守衛後面半彎著身子，不由得也跟著走了過來。結果一看，頓時就拍著手驚道——

「大白公子又出現！」

「這次不是牆上來。」言小藍也跟過來。

「低身彎腰出哪裡？」言小青咬著嘴唇都要笑開花了。

言初七張開粉嫩嫩的紅唇。「狗……」

白子非憤恨地從「綠色通道」裡伸出手指。「言初七妳敢說『狗洞』，我就立刻和妳絕交！」

噗哧！

三個丫鬟頓時都笑成一團，一個滾在另一個的懷裡，一個站在那裡笑得直拍大腿。

言初七的三句半沒有接完，可她也忍不住抿住嘴唇，唇角的弧度是她掩飾不住的笑意，盈盈

的眉眼令辛苦趴在那裡的白子非頭頂都要冒出青煙來。

言小綠解決了生理問題，一時間荷爾蒙急劇上升，竟然又開始拍手。「大白公子……」

「閉嘴！」白子非已然惱羞成怒。「妳們三個快給我閃開！再敢引誘妳們家小姐說三句半，我就……我就立刻把四喜丸子嫁出去！」

卡！

這句話是三個丫鬟的死穴，三個人立刻驚恐萬分地看著白子非，悲憤異常。「公子，你不可以這樣對待你的書僮！人人都有婚姻自由的權利，乃這樣虐待下人，我們要到全國僕人聯合總工會去告你！」

嘖——白子非額頭青筋直跳。「儘管去好了，等妳們告完回來，四喜丸子的小獅子頭都會生出來了。」

哇啊啊！怎麼可以這麼殘忍啊！

三個丫鬟捂著臉龐，哭著跑到一邊去撓牆。

總算把她們給支開了，白子非抬起頭看著面前的言初七，很是焦急地說：「喂，我來這裡是有話要跟妳說，妳一定要答應我，不能嫁給那個雲淨舒！雖然我救了他，可是不是救活他來搶妳的！妳千萬不要聽妳爹的話嫁給他，好不好？」

她要真的嫁給他，豈不是就要被拐到那什麼煙州雲門去了？到時候他要怎麼拿回自己的混世丹呢？而且那小子脾氣那麼差，他不過說了兩句，就對他揮劍了，到時候他如果再硬拉人家的小娘子親親……哇，就算是神仙也活不下去吧？

言初七望著他，半抿著嘴唇，微微地點了點頭。那目光中，甚是有些甜蜜蜜的東西。

白子非看到她答應，才長出一口氣。「還好，妳是答應的。妳千萬不能被他拐走，不然我就完了……」

他嘟嘟囔囔地胡說八道著，冷不防地抬起頭時，正巧對上言初七那雙水靈靈的大眼睛。

言初七真的很不愛講話，可是她卻有一雙會說話的大眼睛。只是這樣靜靜地望著他，漆黑的眸子如同剛剛瀝水的黑色珍珠一樣，黑白分明的瞳仁中，都能倒映出他的臉孔、他的表情。

她眨也不眨地望著他，那黑漆漆的瞳仁似乎一直要望到他的心裡去一般……他覺得自己的心臟也沒有了防護，就像是一本展開的書冊，任她那盈盈的目光，那樣沒有秘密地投入進來……

突然……好想吻那美麗的眼睛。

「初七——妳怎麼在這裡——」隔著重重的護衛，言大老爺的聲音遙遠而大聲地傳來。

言初七和白子非都緊張地屏息，幾乎是下意識地，言初七猛然站起身擋在白子非的「綠色通道」前，還把自己身上淺藍的裙子抖開，擋住身後他的臉。

「初七……初七……爹爹來了……借過借過……妳怎麼不去探望雲公子？雲公子好想妳……讓一下讓一下！」言大老爺邊呼喊著，邊越過那重重的人群，從護衛大集上辛苦地擠過來。

白花花的鬍子上汗水滴答，沒想到只不過多加了幾個護衛，怎麼跟在後院裡放了幾千隻鴨子一樣。

言初七看到父親汗水淋漓的模樣，想要上前攙扶，卻又想起白子非還在身後，不敢挪動。不過才一個閃神，卻發現原來不只父親一個人擠了過來，連臉色蒼白的雲淨舒都跟在父親的身後。

護衛們一看到要保護的目標，立刻嗡地一聲全都衝了過去，霎時間就把雲淨舒給圍得結結實實，差點沒悶死在那裡。

言初七微微抿了抿嘴。「爹爹，何事？」

「哦，雲公子剛剛對我說，想要回雲門去休養傷勢。他是在我們言家受了傷，我們自然有義務派人護送他回煙州，妳又是他的未婚妻，這一次就由妳跑一趟吧，一路上山山水水，你們小夫妻也好增加點感情。」言大老爺樂呵呵地摸摸鬍子。

心底默默地潛臺詞：其實你們「好」到給我生出個「驚喜」，我也可以很「開心」地接受。

言初七卻微微皺緊了眉頭。

「他的傷尚未痊癒。」

「所以才需要回雲門啊，現在還不知道是誰暗算小雲公子，這一路你們要多加小心。寶貝女兒啊，雲公子我可是交給妳了，妳可要照顧好他呀！」言大老爺大手一揮，準確無比地從層層疊疊的護衛中抓到雲淨舒，一下子就把他扯到言初七的面前。

言初七一看到面色蒼白又虛弱無力的雲淨舒，登時就抿住了嘴唇，猶豫了起來。

白子非被言初七擋在裙後，自是把他們之間的對話聽了個清楚。一聽到言初七沒了聲音，他就知道這個小女人一定是同情心氾濫，想要答應了！

他立刻伸手去拉拉言初七的裙角，想要提醒她剛剛答應了自己的事。

言初七正在猶豫，根本沒有注意。

白子非不死心，繼續拉。

言初七屏息，內心天人交戰。

白子非已經心有怒火，忍不住腰一彎，想要從綠色通道裡退回去，爬到牆頭上對他們說個清楚。哪裡想到他只顧得了自己前面的頭，忘記了自己的後面！此時行者阿黃剛剛從外面流浪回來，好不容易叼到一些骨頭，準備放在自己的洞洞裡做冬季儲糧，結果一回來就發現一個大白屁屁在自己的洞裡晃啊晃！

汪滴，肯定是哪家的不良行者，跑來偷牠的過冬儲糧了！真是沒良心，沒狗德，沒狗義啊！人家存得多辛苦，居然就想這樣全部偷走?!

行者阿黃怒了，吐下嘴裡的骨頭，照著那搖晃的屁屁就猛然——

「啊——」

一聲響徹雲霄的慘叫。

言家院子裡烏央烏央的護衛們，全部都被嚇得瞪圓眼睛。

「不可以！不可以！絕不能讓初七獨自一個人跟他走！這個傢伙……在我面前中箭，是我為他療傷，為了洗刷我的冤情，我也要跟著他們去！啊啊啊……」慘叫連連。「阿黃你個小沒良心的，我只是借路，借路啊啊！」

慘啊！慘啊！

仙人被狗咬屁屁，也是會痛啊！救——命——啊！

第五章　客劫

囧。

超級囧。

天打雷劈的囧。

有誰遇到過這麼囧的事嗎？如果你遇到過，馬車讓給你坐。

現在的情況就是，那位清澈如泉、帥氣如花木蘭的金瓜寶貝言初七小姐，竟然真的自己騎著高頭大馬，和那些護送雲淨舒的人走在隊伍的最前面，而受了傷的雲淨舒和嘰嘰呱呱的白子非兩個光棍大男人，被丟在同一輛擠擠的馬車上。

兩個大男人你看我、我看你，兩雙俊秀的眸子相互瞪了又瞪，卻還是趕不走那可惡的尷尬氣氛。

有沒有搞錯啊！女人在前面騎馬，兩個男人坐車？怎麼感覺完全顛倒了似的，白子非還以為自己穿越到女尊世界了呢，搞得言初七好像妻主，他們兩個好像小妾哇啊啊！真是倒楣。

還好帶隊的言家護衛長宣佈進鎮子吃中飯休息，馬車還沒有停好，白子非就咻地一下子從車子上跳下來，顧不得自己的屁股還在麻痛，嗶地一聲第一個跑到客棧裡挑椅子坐好。

言初七跨下馬來，看到白子非已經飛快地跑了進去，而車夫扶著受了傷的雲淨舒，還在慢慢地下車，她微皺了一下眉，走了過去，輕輕地對雲淨舒伸出手。

雲淨舒站在那裡，看著朝他伸過來修長而嬌嫩的手指。

他微疊了疊眉頭，遲疑了一下。

自從他十四歲開始闖蕩江湖，向來是女人纏在他的身後，要他保護，要他攙扶的，何時在這個沈默不語的小女人面前，就完全變了調？彷彿自己是被她保護的，需要她來支援的。這種感覺，很奇怪，很陌生，卻也……很溫暖。

言初七看他怔住良久，始終沒有來扶她的手，也忍不住深望了他一眼。

雲淨舒本就生得清秀俊俏，白白淨淨的臉龐上，那一顆赤紅的朱砂痣真真如同畫龍點睛之筆，把他的冷漠俊酷都點到了極致。如今他受了重傷，面色蒼白而顯得肌膚更加白皙，真真是個面冠如玉、粉唇如櫻的俊俏俠客。

言初七條然垂下長長的眼睫。

雲淨舒的手卻已經握了過來。「多謝小姐。」

「嗯。」言初七只是略一點頭，就扶著他向客棧內走去。

眉來眼去！柔情密意！你儂我儂！卿卿我我！X夫X婦啊！

白子非氣憤地敲著桌子上的空碗，叮叮噹噹地吵個不停。他也不知道自己怎麼那麼生氣，一看到他們兩個話都不用說，就那麼眉來眼去的樣子，他就恨不得自己立刻變身狼人，喊哩喀嚓地把眼前這只青花碗當成雲淨舒啃掉才好。

待言初七扶著雲淨舒，和一幫護送的言家護衛們坐定，白子非就立刻敲著碗大叫：「小二！店家！快出來，我要點菜！」

「來嘍！」掛著毛巾的店小二立刻高叫著笑咪咪地迎過來。「客官需要點什麼？」

「吃飯！每桌上都來一盤水煮魚、一份川辣雞、一份麻辣豆腐、一份毛血旺，再來一份……啊，你這裡有虎皮椒，每人來十個！最後再來一大盆酸菜辣肉絲湯！」白子非點菜點得那叫一個歡暢。

言初七坐在旁邊都有點傻眼了。他是故意的吧？明明知道雲淨舒受了傷，那麼大的一道傷口，怎麼可以吃這些全是用辣椒做成的菜色？這會令傷口疼得更加厲害，而無法恢復的吧！

雲淨舒皺了一下眉頭，自然也感受到了白子非的敵意，他微微側身向店小二開口道：「請加一份清湯麵。」

「清湯麵怎麼行！沒有營養！」白子非咚地一聲猛拍桌子。「小二，絕對不能上清湯麵！」他狠狠瞪著店小二，一副你敢上，我就把你煮來吃掉的凌厲眼神。

店小二被白子非凶狠的表情嚇住了，怔怔地夾在白子非和雲淨舒的身邊，不知道怎麼辦才好。

言初七實在看不下去了，忍不住輕聲提醒：「這些菜色，不適合雲公子。」

「怎麼不適合！」白子非啪地一聲拍桌子，直撐到雲淨舒的面前。「沒錯，這些菜是很辣，吃了會讓他的傷口沒有辦法癒合，可是你們不知道，他中的這種獨門奇毒，是瞬間穿破血脈浸入體內的，我雖然已經用了古法幫他換血療傷，但是那些已經浸入肌膚的毒，一時半會還是清不掉的，所以我讓他吃這些很辛辣的食物，就是為了制止他的傷口癒合，令餘毒被體內的熱氣所推擠，從傷口處儘早排出來。難道你們以為我是故意點這樣的菜捉弄他?!」

白子非有些生氣地把臉孔朝向言初七。

言初七對上他的眼睛，想也沒想就點頭。

任誰都會以為他是故意的吧？看大白公子那點菜的表情，明明是在心底暗爽啊！

大白公子差點沒有吐血。

「嗚……我真是傷心啊！別人不相信我，連妳也這麼不相信我！我要是想傷害他，何必等到現在？我那麼拚命救他，對他是一片丹心啊……你們怎麼可以這樣誤會我……雲淨舒你怎麼可以這樣誤會我！」大白公子痛哭流涕，做捧心西子狀。

言初七看著他哭鬧的模樣，忍不住微微抿了抿嘴唇，竟站起身來，輕輕地退到客棧門外去。

咦？這讓白子非有些納悶，不由得跟在她的身後也跑出去。

「喂，妳不在裡面等著上菜，跑出來做什麼？」

言初七回過頭來，朝他望了一眼，微微地吐一口氣，嘴裡只蹦出兩個字：「呼吸。」

暈，這又是什麼鬼話。

好在白子非和她從小一起長大，早就已經適應了她這種跳躍的思維，只要沒有那三個丫頭在這裡跟他來一溜三句半，他就還能接受。

「呼吸什麼啊，客棧裡難道能把妳憋死嗎？走，快點回去，我還等著吃飯呢，顛了好幾天，連頓飽飯都沒好好吃過。」白子非拉了她的手，轉身就向客棧內走。

言初七卻把袖子從他的手裡扯開。

「我已經知道了。」

咦？知道什麼？

白子非有些不解地回過頭來。

言初七水靈靈的大眼睛望著他，一字一頓地說得那麼清晰。「其實……你喜歡雲公子。」

噗——

九天上的各位大神幾乎都要聽到了下界這聲超大的吐血聲。

白子非啪地一聲倒在地上，立刻就被摔成了一張年畫，外加一口血吐出二千C.C.，瞬間就進入時空混亂狀態。

言初七……言初七！其實乃根本不是人間普通女子，乃根本才是那九天之外的神仙吧！居然能胡思亂想到如此地步？難道乃就是傳言中的、一見兩個男人在一起就雙眼閃閃亮的腐女星人嗎？居然能搞出這麼天雷陣陣的CP（註三）來？

大白公子倒地不起。「大神啊，妳哪隻眼睛看到我喜歡他了？」

「兩隻眼睛。」言初七半彎下腰。「你那麼用力地救了雲公子，又在言家強烈要求我不要嫁

註三：CP是Couple的縮寫，意即配對。

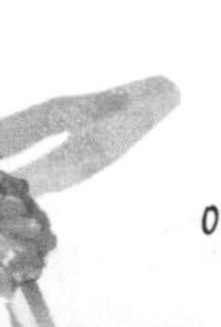

他，還在路上總是看我不順眼，一直和雲公子吵鬧抬槓，剛剛在點菜時，又那麼用心地為他專點排毒的菜……這不是喜歡，又是什麼？」

言初七難得說出一大通話來，只是為了陳述她看到的種種事件。

「放心，我不會歧視你們。」

言小姐最後還來個終結發言，很鄭重地把手放在白子非的肩膀上，那認真而堅定的眼神，差點讓白子非感動得連眼淚都飆出來。

可是……等等等一下！他感動個什麼勁兒？他又不是真的喜歡雲淨舒……不對不對，是他根本不喜歡雲淨舒！這位大小姐啊，妳眼睛長到哪裡啦，居然能這樣YY（註四）起來！喵滴，他就算把自己給KO了，也絕對不會喜歡雲淨舒……不對，是絕不會喜歡男人啊！

白子非躺在地上，氣憤得涕淚橫流。「我謝妳啊，偉大的言初七小姐。」

言初七點點頭，很是理解的模樣。

白子非終於崩潰，變身咆哮馬：「妳醒醒好嗎？我又不是吃錯藥了，我會喜歡他?!他是男人啊！我也是男人！我只是幫他解了毒，另外順帶看他不順眼，不是看妳不順眼！我才沒那麼白癡去喜歡男人，我還想娶老婆成親、生娃娃傳宗接代呢！我要喜歡他……生娃這事到底是他來還是我親自包辦啊?!」

言初七瞪著他，居然很認真地想了一想。

「嗯，可以男男生子。」

啊啊啊啊啊——

咆哮馬都不足以發洩白子非內心裡的憤怒、徬徨、孤單、寂寞和無助，他真想一把掐死面前這個小女人！她到底是不是正常女人啊？腦子裡到底都裝了些什麼啊？難道真的是腐女星人逆襲，把她捉去她們星裡穿越改造了?!

就在大白公子羞憤欲死的時候，客棧裡突然傳來一聲慘叫！

「啊——」

接著是兩聲刀劍的撞擊聲，瞬間就有人倒地，鮮血狂流！

「不好！」言初七只吐出兩個字，轉身就朝著客棧跑回去。

變年畫的大白公子連忙從地上爬起來，也跟著她跑回客棧。

當他們衝進客棧的時候，客棧裡已經軟綿綿倒下了一大堆，那混亂的刀劍聲也暫時消失了，好像什麼都沒有發生一樣。

白子非彎下腰，看著趴在地上的言家護衛。「哇，他們都死了嗎？」

「別動！」言初七立時開口制止他。「有毒！」

咻！

白子非嗶地一聲跳離那些護衛三米遠。「有毒妳早說啊，我都摸到他的大腿了耶！」

言初七走過來，一手掐住他的手腕。

註四：YY，意淫，腦補，自己在腦中幻想。

還好，腕上的脈象正常，也沒有什麼黑氣紫氣的出現。

只是，這客棧也太奇怪了，一瞬間的混亂，一瞬間的安靜！更讓人吃驚的是，受了傷的雲淨舒不見了！他剛剛明明就坐在客棧中央的那張桌子旁邊，可是他受了那麼重的傷，竟然瞬間消失得無影無蹤！

「喂，那小子不見了！」白子非也發現了奇怪的現象。

地上倒下的言家護衛一個也沒少，卻獨獨不見了雲淨舒。

到底是誰？竟可以有這麼快的身手，把這麼多的護衛一瞬間全部毒暈，又把武功那麼厲害的朱砂公子神不知鬼不覺地擄走？

言初七皺緊眉頭。

整個客棧，就像睡過去一樣的安靜。

不對，不對！這樣的狀況，一點也不對！

言初七冷靜地打量著四周，豎起耳朵想要再聽一聽剛剛打鬥聲音傳來的方位。

突然之間，門外傳來一聲大響！

「喂，言初七！」

初七嚇了一跳，聽到是白子非的聲音，連忙提劍就衝了出來。

剛剛還在初七身邊的白子非，居然飛快地跑到了馬車的旁邊，拍著馬屁股就朝她喊：「這裡！這裡！快過來！」

初七以為他遇險，三步併作兩步就奔到他的面前。

白子非很痛快地一拍車頭。「快，我們兩個把行李分了！男先女後，我拿大包，妳拿小包！」

言初七手裡的碧玉劍猛然一抖，差點戳到大白公子受了傷的屁股上。

他還真有閒情逸致，客棧裡躺下了那麼多人，雲淨舒又生死不明，他不想著快去救人，居然跑來這裡要和她分行李?!

「先救雲公子。」初七皺著眉頭。

「救他做什麼？」白子非瞪圓眼睛。「他不是名滿天下的朱砂公子，一個人可以解決四十幾個大漢嗎？而且妳剛剛還流言我喜歡他，為了表明我一點也不、在、乎他的立場，我決定快點把行李分了，雇一輛寬敞舒服的馬車，快點回家去。」

他的屁股都快顛破了，還是白府裡那軟軟的錦被更好啊。

言初七皺眉，她知道白子非不會武功，遇到這樣的事情，當然能躲就躲開。可是她是帶領言家護衛來護送雲淨舒的，雲淨舒又是在言家受的傷，於情於理她都不能就這樣獨自離開。至少要找到他的人，他身上的傷口還沒有痊癒呢！

言初七提劍轉身，還沒來得及走進客棧，突然聽到客棧的二樓傳來一陣轟然巨響！

撲——啪！

細細的棱子格窗被猛然衝破，一個彪形大漢赫然從窗子裡被橫著丟下來！

白子非連忙從馬車上三連跳！

咚地一聲，那肉嘟嘟的黑衣大傢伙，就像茅廁裡的大石頭般，又臭又硬地從二樓哐哐地掉下來，砰地一聲就把白子非剛剛坐的馬車給砸了個超級大坑！

「啊……我的行李！」白子非苦著臉，眼睜睜看著自己的花白包袱被壓在那人血淋淋的身下。

破爛的二樓窗內，隱約可以看到一群黑色人影，轟隆隆地打過來，又轟隆隆地打過去。

言初七眉頭一皺，立刻腳尖一點，咻地一聲就飛上了二樓的窗口。

「喂喂喂！等等我呀！」白子非看她呼呼地飛上去，有些不服氣的在樓下插腰。「欺負我不能用仙法是不是？本公子要飛起來的話，絕對比你們飛得高！沒聽過天外飛仙嗎？那就是我！」

當然現在還是別飛了，免得不小心被路人甲乙丙丁看到，嚇到人家可愛又純情的小朋友。本著愛護動物、呵護下界的良好心態，大白公子呼哧呼哧地從樓梯爬到了二樓。

嘁哩哐嚓！

乒哩乓啷！

咚咚咚！

噹噹噹！

二樓可真是熱鬧，一群黑衣人呼啦啦地跑到這頭，嘰哩哐啷地打一陣；又咚咚咚地跑到那頭，一群人又擠在一起痛打一頓。每個人都穿著黑衣黑褲，每個人都手拿長劍，每個人都閉著眼睛亂跑，一群人擠成一團，誰都看不清誰地亂打一通。

白子非眼睛都看花了，眼前就像一堆無頭蒼蠅，嗡嗡亂叫。先衝上來的言初七也愣在一旁，她本是想上來救雲淨舒的，哪裡知道人實在太多了，二樓的走廊又非常的窄，她站在那裡看了半天，竟也沒有找到雲淨舒，只看到一堆人打來打去、擠來擠去。

白子非實在忍受不了了，扯開喉嚨咆哮道：「都給我住——手！」

黑衣人們被震了一下，不由得都停住腳步，瞬間定在那裡。

白子非很有氣質地站在那裡，指點江山般大手一揮。「喂喂喂，各位黑衣大俠，你們在這裡喊哩喀啷地唱戲啊？唱的哪一齣，讓小生也來拜聽一下。」

黑衣匪首有些看不過去了，很鄙視地瞪他。「你沒長眼睛嗎？誰說我們在唱戲？我們明明在殺人！」

「哦，殺人？殺誰啊？我看你們明明是自己在打自己人嘛！」白子非習慣性的想要搖搖紙扇，忽然想起紙扇被那又臭又硬的傢伙壓在屁股底下了，算了，就勉為其難地搖搖巴掌吧。

自己人打自己人？

黑衣匪首一愣，朝著這一窩烏央烏央的黑衣人中間一掃，居然發現真的全部都是自己的手下，根本沒有他們要追殺的那個人！

匪首老大吐血二百升。「你們這群飯桶！還打得上癮呢，雲淨舒呢？」

眾位扮壞蛋的黑衣人這才回過神來，剛剛還呼啦呼啦地打得痛快呢，竟然因為雲淨舒和他們一樣身穿黑衣，而根本沒有發現他原來並不在他們中間！分明就是東邊的呼啦啦跑去打西邊的，西邊的又呼啦啦地跑來打東邊的！

暈倒，原來做壞蛋也不能近視眼！

黑衣匪首已經被這群花眼手下氣得暈倒，乾脆把手裡的長劍一拐彎，直接指向了白子非的方向。「找不到雲淨舒，就拿你來頂！」

什麼?!白子非嘴角抽搐。乃這個匪首，也太沒有創意了吧？打不過人家厲害的，直接拐彎抓他這個小秀才去現形？該死的，他要是會武功，一腳就把匪首踢出幾萬萬里去！不過……他不會呀！

轟隆隆——那群黑衣人瘋了似地朝著白子非撲過來。

大白公子巴掌也不搖了，不能忘記老祖宗的兵法祖訓，三十六計之最靈計——溜！

白子非拔腿就想跑。

一群黑衣人放腿就狂追。

突然一道翠綠的劍花挽出，就往白子非和那群黑衣人之間唰地一刺！

咻！

跑在前面的幾個黑衣人頓時覺得自己的下巴冷颼颼，伸手一抹，竟然鬍子已經被刮得乾乾淨淨了。

言初七手裡的碧玉劍唰地一抖，整個人就擋在白子非的面前，水汪汪的大眼睛裡不再是那樣靈動的眸光，反而換上了一種那樣凌厲、那樣決絕、那樣帥氣的眼神！雖然她只是一介女流，但碧劍執手、長髮微飄的模樣，卻比男子更帥氣、更俊俏！

白子非一看到救兵來到，忍不住哈哈大笑。「快快快，初七，滅了他們！」

這群黑衣人都沒有見過言初七，當然不知道她是誰，只覺得是一介女流站在面前，又是個長相清秀俊美、看起來更像個嬌滴滴大小姐的丫頭，自不把她放在眼裡，只把手中的劍一揮——

「兄弟們，上！哪個扳倒她，搶回家裡做壓寨夫人！」

呼啦啦，這些壞蛋們立刻個個眼睛血紅，朝著言初七激動地跳過來。

言初七不慌不忙，把手中的碧玉劍輕輕一挽。

唰唰唰！嗖嗖嗖！

劍花閃過，劍光冷冽！

闖在前面的幾個黑衣壞蛋瞬間被削光了頭髮，剃光了鬍子，還有一個不小心在她面前站得久了一點，才一眨眼的功夫，身上所有的衣物就那麼無情地嘶啦嘶啦地離他遠去！

「嗷——流氓，脫人家衣服！」丟了劍，捂著屁屁就轉身狂奔淚流。

白子非差點連昨天的晚飯都吐出來。

黑衣匪首沒有想到眼前這個小女人竟然這麼厲害，再不敢輕敵，只把手中的劍一揮。「兄弟們，擺起陣法！這小丫頭不簡單，不可獨擊，我們群攻！」

無恥啊無恥！白子非站在言初七身後，憤恨地指著這些黑衣壞蛋。「那麼多大男人欺負人家一個女生，打不過還不認輸，居然要集體衝過來！哼，不怕，咱們初七可是天下第一女奇俠，就算你們群攻，咱們初七女俠也見多識廣，不會眨一下眼睛的！」

話雖這樣說，言初七看到他們擺起陣法的時候，也知道自己不可以掉以輕心。這些人並不是普通的壞蛋，他們訓練有素，從他們開始步調統一的陣法，到手中長劍的方向，足見他們對這種「捕獵」的方式已經訓練過上千次了！

她不敢鬆懈，微微拉開步子，也把碧玉劍對準了這些來者不善的黑衣人。

唰唰！

嘩嘩！

只見一群黑衣人朝著言初七的方向跑了過來，他們步調統一，所有人的劍光都組成了一道整齊的網，撲天蓋地地朝著言初七的方向籠罩而來！

白子非雖然看不清網下的情況，但是也曉得事態不妙！

初七雖然武功蓋世，但也扛不住一群男人不停息的輪番打鬥！就算不會被他們砍傷，累也會累斃的！

白子非微微向後退了一步，暗地裡摸向自己口袋裡的玉如意。

忽然——

劍光如玉，劍氣如虹！

唰唰唰！

只見一道劍光像是從天外飛來，在那些黑衣人的頭頂上疾速一掃，彷彿如同穿透蛛網的利刃，一劍掃過去，把那些交織在一起的長劍瞬間就攪破如雲！

網在一起的黑衣人，牽一髮而動全身，根本還來不及反應，就被那銀色的劍光掃到，唰地一下彈出劍網，砰地一聲撞上走廊的牆壁，噼哩啪啦地跌成一盤年夜飯裡的大餃子。

白子非站在一邊直拍大腿，奶奶滴，人家剛剛想用用仙法，救救美人兒，結果這個傢伙就出現了！明明是想搶了我大白公子的風頭啊！先生，您遲到了您知不知道？還敢這麼耍帥擺酷地出場?!

劍光閃過，一襲黑衣黑袍、黑髮黑眼的男子從天而降。他黑袍上滾繡著金色的花紋，眉宇間有著一粒赤血嫣紅的朱砂痣，星眉劍目，唇紅齒白，手中的長劍銀光閃耀，雖然臉色略顯蒼白，但那凌厲的眼神、冷峻的氣質，卻完全把眼前所有的黑衣人都鎮得呆呆一怔。

看到了嗎，看到了嗎？這才是真正的大俠，這才是真正能把黑衣穿到絕色的人！看看人家，再看看自己，真是把黑色那神秘而絕豔的氣質都給穿成了垃圾啊！黑衣啊黑衣，我對不起你啊！

一群倒地的黑衣人心碎淚流。

雲淨舒執劍落地，不偏不倚地剛剛好護在言初七的身邊。「沒事吧？」

「嗯，沒事。」言初七點點頭。

雲淨舒看她一眼，言初七便回他一個眼神。

兩個人很是默契地點點頭，幾乎不用言語，便已全然明白對方的心思，緊接著兩人的身體便脊背靠住脊背，一副瞬間合體、要變成超級雙打組合的模樣。

白子非站在後面遠遠地看著，不知道為什麼，一顆小心肝就直撲通撲通地跌到北極海。

喵滴，他們兩個才認識多久啊，怎麼看起來跟認識一輩子了一樣？只需要眼神勾勾，就自動靠在了一起？他從五歲開始就「粘巴」言初七，直到現在也沒把她「勾」過來啊！這個雲淨舒跟她認識還不到半個月，居然就做到了！嗚，他不服，嗚，他好恨！

黑衣人看到雲淨舒和言初七站在那裡，已經被言初七痛打一通的怒火，頓時就熊熊燃燒起來。貼在牆上的大黑餃子們不甘心就這樣被打敗，呼啦啦地從牆上跳下來，朝著雲淨舒和言初七就撲了過去——

「小心了！」雲淨舒輕聲叮嚀一句。

「放心！」言初七也低低地回了一句。

唰唰唰唰！

嘩嘩嘩嘩！

只見兩支銀劍，一左一右，上下翻飛，劍花挽得令人眼花撩亂，劍氣掃得讓人不敢直視！一批黑餃子衝過來，立刻倒下；又一批黑餃子衝過來，被打回原形。

這兩個人合作，相互保護著對方的背後，直殺得那些黑衣人是節節敗退，步步為輸！

好精彩，好默契，好帥氣啊！

黑衣匪首眼見自己人倒下的越來越多，他們逼過來的步伐越來越大，越想越覺得不好，有些生氣地痛喊一聲：「該死的，老子今天認倒楣，改天再來找你算帳！」

轟地一聲，黑餃子匪首竟然丟下一粒彈丸似的東西，砰地一聲炸開，頓時就騰起一股白煙。

不好！毒來了！

白子非一看清那粒丸子，幾乎是下意識地就往白霧中橫衝過去——

「霧氣有毒！不要呼吸！」他甩手從口袋裡摸出剛剛分行李時掏來的那塊手帕，飛快地朝著霧氣中言初七的口鼻捂了過去。

就知道那些傢伙毒倒了那麼多護衛，一定還會再放毒的，所以他吵著要去分行李，卻暗地裡拿了這條抹了百毒不侵散的手帕，只想到最關鍵的時刻也能英雄一把，好好地保護一下初七美人！

可是，白霧怎麼這麼大，毒氣怎麼這麼濃！

那日在言家鏢局，他只些微聽到一點腳步，暗箭就已經猛然射了過來！這樣的毒，這樣的箭，這樣的輕功，都與以暗器和用毒而獨步天下的蜀中唐門相符，看來這些人應該是唐門派來的！

白子非嗚啦啦地衝過去，只隱隱地看到一個身影，不管三七二十一就拉了過來，啪地一下子就捂住了！砰！哐！

兩個人幾乎是狠狠地撞在一起，於是在漫天的濃霧中，只聽得一聲巨響！

一白一黑。
一帥一傻。
一冷一熱。
一文一武。
濃霧飄飛。
俊秀的大白公子疊著冷峻的朱砂公子，狠狠地跌在地板上……

第六章 血濺雲門

叮哩噹啷。

嘁哩哐啷。

言家鏢局真不是蓋的，第一次出來護送雲淨舒的護衛隊，也不過二十幾個人，但言初七他們在客棧不幸遇險，損失了十幾個護衛，所以初七小姐飛鴿傳書回家，言初二立即就帶著言初五、言初六和一百多個護衛，外加小青小藍小綠三個丫頭，就這麼呼啦啦地追了過來。

一時間，雲淨舒回家的隊伍，從二十幾人一下子擴展到了一百多人，再加上放心不下白子非的四喜，叮哩噹啷的隊伍都快趕上公主出嫁了，浩浩蕩蕩的就直朝煙州開了過去。

馬車裡，很安靜。

車帳上的流蘇，在車輪轉動中，輕輕地搖曳。

言初七坐在馬車的窗邊，靜靜地遙望著車窗外掠過的遠山。

那山澗裡有淡淡的霧氣飄過，清脆的鳥鳴在樹林裡穿行，車輪吱嘎吱嘎地在窗外響著，馬車裡有一淡淡而恬靜的馨香，輕輕地散發著。

這氣氛好得真是讓人流眼淚啊。

可偏偏一起坐在馬車上的，是沈默的雲淨舒公子和安靜的言初七小姐，於是這麼浪漫到足以讓人談戀愛談到一起「滾馬車」的氣氛，就被這兩個沈默的主角無情地浪費著。

雲淨舒坐在一邊，雖然微微閉著眼睛，看似在養神，其實他一直都在注意著言初七的一舉一動。

她真的很安靜。

是個他在江湖上幾乎從來沒有遇到過的小女人。不，她似乎又不是小女人，她不像別的執劍江湖的女生，雖然穿著披風，拿著寶劍，但只憑著那三腳貓的功夫，一遇到困難，就落得跳著腳兒喊男人保護的本事。她們號稱女俠，闖蕩江湖，實則是在搞亂江湖，還以為自己多精靈古怪，多貌美如花，但其實……雲淨舒見到那樣的女人，幾乎都不會對她們說一句話。

但今天的情況，似乎反了過來。他們車子坐了這麼久，她竟然沒有對他說一句話，安靜得像隻小貓兒，像讓人無法發現她存在的貓咪。

可是在客棧時，看她碧玉劍在手，唰唰挽出劍花與他並肩作戰的樣子，卻又比任何男人都威風凜凜，勇猛而果敢。

「初七。」他突然叫她的名字。

那低啞的嗓音把言初七嚇了一跳，他一直很客氣地叫她「言大小姐」、「初七小姐」，還未曾這樣親暱的稱呼過，更何況是在這窄小的空間內，他低沈而沙啞的聲音，聽起來更是有一種魅惑而曖昧的感覺。

「為什麼……會遇到妳呢？」雲淨舒又幽幽問道，這聲音似在問她，卻更像在自言自語。

言初七轉過頭去，似是想要望他一眼，但又像是有些羞澀，長睫蝴蝶般搧了幾搧，但終究還是沒有抬起眼簾。

白子非坐在另一輛車上，雙眼使勁瞪、用力瞪，掛在車門邊緣地瞪，還是看不清最後那輛馬車上的動靜，只是影影綽綽地覺得那車上流蘇搖動，曖昧非常。

哼，那一對X夫X婦！兩個人終於單獨在一起了，一定高興得連口水都流下來了吧？他可憐的初七妹妹，就這麼落入那個雲壞蛋的魔爪裡了……真是女人心，海底針，就這麼把他一個單獨留在最前面的馬車上，也不覺得他好可憐！女人啊，女人，妳的名字叫狠心。

白子非扒住車緣，拚了命地看。

「這麼辛苦幹什麼？那麼想看到，乾脆把眼珠子挖下來貼到她的身上去吧。」車廂裡突然傳來幽幽的聲音。

「哦。」說的也是耶，把眼睛挖下來……白子非動手……驚覺不對！猛然轉過身來。

白四喜丟給他的那只大包袱已經散開了，那隻胖嘟嘟、肥嘟嘟，毛色晶晶亮得像銀子一樣耀眼的銀皮狐狸，居然就四腳朝天地躺在包袱裡！

看到白子非驚訝地轉過身來，牠笑咪咪地對他眨眨眼睛。「仙人，看到我驚喜嗎？我的造型你還滿意嗎？」

白子非眼角抽搐。

這隻銀皮狐狸，不僅縮在他的包袱裡，還把包袱裡所有的衣服都套在牠的身上！左一件白

衫，右一件藍袍，外加三條花內褲，尾巴上面還吊著三隻白襪子。

白子非實在被牠打敗了。「花狐狸，你到這裡來做什麼？」

安狐狸狐狸眼角抽搐。「仙人，我告訴你一百八十次了，人家不姓花，人家姓安！真是的，老是鬧失憶，叫錯人家的名字！」

嘖……也不知道整天鬧失憶、不知道自己是誰的，到底是他還是牠！

「少廢話，你來這裡做什麼？還躲在包袱裡……難道是四喜收拾東西的時候，你偷藏進來的？花狐狸，你怎麼能逃出籠子來？」

「我怎麼不能！」安狐狸瞪著白子非。「人家已經修練了一千七百年，那只小小的籠子又算得了什麼？」

安狐狸今天精神爽利得很，對著白子非又搖頭又晃腦。「憑什麼只有你們出來遊山玩水，我卻要被關在鐵籠子裡？我也要跟著你們一起出來玩，哈！進城了耶！好熱鬧！」安狐狸興奮地在車廂裡又蹦又跳。

白子非一手就掐住牠的脖子。「別跳了，不然被人家抓到你，明年的今天你就會變成集市上曬乾的狐狸皮！」

安狐狸哪裡聽他這一套，牠可是在包袱裡養精蓄銳了好幾天，吃飽睡暖還不失憶，當然活蹦亂跳了！

「誰敢把我變成狐狸皮，我就把他變成小狐狸！」

「花狐狸，你敢！你的妖氣又漲上來了，是嗎？」白子非看牠今天興奮異常，伸手就要捉牠。

安狐狸嗖地一聲朝車窗跳過去，小爪子踩在車窗上，就對著他撲嚕撲嚕吐舌頭。「嘻，我就是妖，我就是妖怪，有本事來抓我呀，笨蛋神仙！」

白子非頓時頭頂上青煙直冒！

他真是倒了八輩子楣了，一出門就被人家欺負不說，今天連這頭花狐狸都造反了！氣得他伸手就去捉安狐狸，沒想到那傢伙甩著一身銀色的皮，咻地一聲就從車窗跳了下去！

「給我回來！」白子非一看到牠跳下了車，也一把掀起車簾，竟然在馬車行進間就跟著跳了下去。

趕車的車夫被嚇了一跳，連忙喊道：「白公子，快回來啊！」

車隊也停住了，言初二從後面一輛車上探出頭來。「怎麼了？發生什麼事了？」

白子非一心想要抓牠回來，剛剛跳下車，就看到銀毛狐狸的大尾巴咻地一聲鑽進了路邊別人擺放的一只大籐筐，他猛地就衝了過去。

突然之間，那籐筐下面猛地發出一聲尖叫——

「啊——」、「啊——」

不對，是兩聲！

砰地一聲，脆弱的籐筐就被倏然扯裂，一人一狐就從筐裡尖叫著猛然跳出來！

「啊！妖怪！」

「啊！妖女！」

兩個傢伙居然叫出同樣的驚呼，安狐狸還嚇得甩著狐狸大尾巴，飛速地竄回白子非的懷裡。

白子非一下子撈住牠。「看你還往哪裡跑。」

「我不想跑，仙人，那個傢伙好可怕！」安狐狸躲在他的懷中，小狐狸爪子朝著那扯裂的籐筐邊直指過去。

白子非定睛一看，霎時大吃一驚。

從那個籐筐下面跳出來的，是個奇醜無比的女孩子，衣衫破爛，滿身髒污，露在破衣衫外面的胳膊上，還長滿了膿疱瘡疥，看起來非常可憐的樣子。但最讓人害怕的是，她有半邊的臉頰都像是被什麼東西叮咬了似的，肌膚上滿是鮮血淋漓的痕跡，非常的恐怖。

言初七和雲淨舒也聽到了前面的動靜，忍不住掀開車簾，直朝著前面望過來。

白子非站在那裡，直盯著眼前這個女孩子。

他有一種怪怪的感覺，在這個醜陋的女孩子身邊，似乎瀰漫著一股特別的氣。

不是妖氣，不是仙氣，更不是魔氣。她的氣非常特別，但是他仙法力微，竟然一時間感應不出來，只覺得環繞著她的是一股淡淡的紫光，反而令她那醜陋的臉孔不是那樣的恐怖。

白子非正想開口問她，可她身後的大街上卻突然傳來一聲更大聲的怒吼：「在那裡！快抓住她！」

居然有一群彪形大漢舉著鞭子、叉子、刀子的一路狂吼著，就朝著他們的方向直撲過來。

醜陋女孩一聽到後面的吼叫聲，頓時就嚇了一大跳，飛速地跑進他們百多人的隊伍裡，邊跑還邊大聲喊著：「不是我不是我！我沒有拿沒有拿！」

言初七已經從馬車上跳了下來，那女孩子看到隊伍裡有個年紀差不多的女生，立刻就朝著她狂奔而去。

那些彪形大漢已經奔到了白子非的面前，抬手就指著他大吼：「你！是她的同黨？」

白子非自小就知道「秀才遇到兵，有理說不清」，他立刻舉起雙手，一副良好市民的形象。「不是不是，我只是過路的！過路的！」

「過路的？過哪門子的路！剛剛明明看到你和她站在一起，定是同黨！那醜女偷了我們銀莊八百兩金子，一定是交給你了！來人，給我把他抓起來，搜！」彪形大漢不管三七二十一，伸手就朝著白子非抓過來。

NND，這個世道真是沒辦法活，白子非總算知道竇娥是怎麼冤死的了，就是被這些有眼無珠的傢伙故意冤枉死的！

那些傢伙伸手就來捉他，白子非眼睛一瞟，忽然瞥見那裂開的籐筐旁邊還有一只小筐，猛然把手指朝那裡一伸——「喂，你們看，那是不是金子！」

彪形大漢們一驚，紛紛望過去。

果不其然！

小籐筐裡金光閃閃，一小堆金元寶胖嘟嘟、肥嘟嘟的，正可愛地朝他們招手呢！

一群人見金子失而復得，立刻呼啦啦地就朝著那邊撲過去。

白子非見狀，立刻跳上馬車，對著車夫大喊一聲：「快走！」

車夫自是在言家鏢局裡見過世面的，知道在外面多一事不如少一事。看見那些人轟隆隆衝過去了，連忙趕動馬車，帶著車隊飛快地向前走。

言初七見到前面事情解決，也想要轉身回車上，那個醜陋的女孩卻剛剛好跑過她的身邊，又醜又髒又恐怖的臉，竟然對著她微微地齜牙一笑。

言初七突然覺得自己的眼前一花。

就好像腦子裡突然空白了一下一樣，那個笑容，竟然讓她瞬間有種暈過去的感覺。只覺得這醜女飛速地從她的身邊掠過，而她的右肋下微微地疼了一下，就像是被小螞蟻咬了一口似的。

但這感覺只是一瞬間。

那笑咪咪的醜女霎時間就跑遠了。

白子非也躍上了馬車，言家車隊轟隆隆地就急速地開過去。

那些撲向金元寶的彪形大漢們正喜逐顏開，這次找回了銀鋪裡丟失的金元寶，掌櫃的不會再打他們、罵他們了！

那個路過的傢伙眼睛真尖啊！要不是有他，他們一定會挨揍的！嗚嗚嗚……金元寶，俺們愛你……大漢們激動地把臉貼向金元寶……

嗯？等等？怎麼有股臭哄哄的味道？而且手裡的金元寶怎麼重量越來越輕？怎麼越來越軟？怎麼還熱呼呼的?!

大漢們抬起臉頰，朝著手上一望——

「哇啊啊啊——」尖叫聲直要衝上九天，手裡捧的哪裡還是什麼金元寶，明明就是熱呼呼、臭哄哄、軟綿綿的，貌似剛剛被拉出來的……米田共！

哇，好臭啊！那個路人……是壞蛋！

一路上，白子非都沒有再講話。

跟誰都沒有再講話。

甚至進了客棧吃中飯的時候，他還坐在靠窗子的座位上，托著下巴，鎖著眉頭，冥思苦想。

其實他並不是在扮思想者，而是真的在思考。天上一天，地上一年，眼看著這十五「天」都過去了，言初七也從三歲的小女娃長成了這麼秀麗帥氣的巾幗女俠，而他剩下的時間也不多了，大概只剩下兩「天」的時間拿回混世丹，好回到天上去覆命。

最近他一直在拖來拖去，都差點要忘記這件事情了。假如到了那個時候，他還拿不回仙丹，不僅天上的那一關難過，而她也會因為吞下仙丹太久，而真的吸收了仙丹的仙氣，那麼……

白子非不禁皺起眉頭。

言初七笑意盈盈地坐回桌前。他們一路上餐風露宿，中間還遭遇了一場偷襲，已經幾日沒有吃好睡好了，好不容易這小鎮已經距離煙州很近了，大家都打算飽餐一頓，稍微整理一下，再直奔雲門。

菜單還沒有翻上兩頁，忽然從旁邊傳來隱約的交談聲——

「……什麼，你還要上煙州？你沒聽說煙州最近出大事了！」

「煙州城裡有何大事？」

「就是煙州城裡最出名的武林世家，當年曾經遭受滅門之災的雲門，兩日前的深夜不知道又被哪個仇家突襲，家裡護院家丁全部都中毒身亡，老弱婦幼全部都被割頭碎屍，死的那叫一個慘烈，一個血腥！比起當年那場慘案，有過之而無不及啊！」

握著菜單的手，突然嘩地一停。

眉宇間的朱砂痣，霎時間就像是凝血的珠子一樣赤紅。

「真的嗎？這麼慘？不是聽說雲門出了一個小雲公子，是個厲害的狠角色，已經把當年突襲的人全部殺掉了嗎？怎麼在這十幾年後又捲土重來？」

「小雲公子不在家啊！上次滅門，雲門就只剩下了老弱婦幼，除了那個小雲公子是個遺腹的才能活下來。而這次那些人更是算準了小雲公子不在家，又給家丁護院全部下了毒，所以整個雲門裡，連半個逃出來的都沒有！那晚整個煙州都能聽到雲門的慘叫，真真是血流成河啊……」

雲淨舒唰地一下子站起身來！

言初七當然也聽到了這些話，她立刻也跟著他站起來。

飯也不吃了，雲淨舒大步就往客棧門外走。

言初七連忙跟上，一出客棧大門，話都沒來得及說，只聽得一聲馬嘯，身上還負著傷的雲淨舒竟然一言不發，牽過一頭赤紅血馬，就翻身躍上了馬背！

言初二頓時覺得不妙，連忙跑出客棧。「雲公子！你這是要去哪？明日我們就能到達煙州……」

雲淨舒根本連看都不看言初二一眼，只冷著一張臉，跨坐在馬背上，星亮的眸子裡有著寒星一樣的光芒，伸手一揮馬鞭。「駕！」

馬兒立刻長嘯一聲，受了驚般發蹄狂奔！

言初二差點被奔馬擦撞。吃驚的他才想要問問妹妹，卻見言初七也跟著不發一言，伸手拉過她自己的雪白馬，也翻身跳上了馬背。

「初七！」言初二驚呼。

白馬高昂著頭，疾馳著向前面的血紅馬追去。

兩騎一前一後，一紅一白，就這麼在小鎮上如同一陣旋風，狂踏而去。

煙州，雲門。

當赤血馬和雪白馬奔到這裡的時候，已經月朗星稀，夜靜更深。

雲門。

緊緊關閉著那朱漆的大門。

整個莊園，都像是睡著了一樣的沈靜。

雲淨舒站在雲門的大門前，真希望他在小鎮客棧裡聽到的話是假的，希望眼前的雲門就像以前一樣的平靜而祥和，可是闖蕩江湖如此之久的雲淨舒，又怎能感覺不到這緊閉大門之後的奇特與怪異。

門，緊緊地關著。

門內，就像死了一樣的寧靜。

言初七從馬上跳下來，輕輕地站到他的身邊。

吱呀——朱紅色的大門，被輕輕地推開。

晴朗星空下，院子裡，一地的月光，可這明亮的光芒，卻更讓人覺得心痛如絞，心碎如粉。

院子裡，滿地的鮮血……滿目的赤紅……牆壁上甚至噴濺了層層的血跡，一個又一個掙扎過的血印，觸目驚心地橫在那裡。有一股濃重的血腥在空氣中飄蕩著，彷彿那些久久不願散去的冤魂，正在雲門的上空盤旋著，迴盪著。

夜風拂動院內樹枝上的葉子，嗚嗚嗚……那風聲恍若哭泣的嗚咽。

雲淨舒站在那裡，頓時覺得自己全身的血脈都繃緊了，站在他身後的言初七也忍不住微微倒退了一步。

雲淨舒握緊了手指，臉上甚至沒有一絲表情。

憤怒、悲傷、委屈、怨恨，一絲也沒有。

如果是普通人看到這樣悲慘的境況，就算不會生氣憤怒的大吼，也會痛哭失聲吧。

這些血，都是他家人的血，親人的血。那些與他朝夕相處、把他撫養長大的人，就在這些鮮血噴出的那一刻，離世遠去……言初七覺得自己的眸中有酸酸的感覺，但眼前的這個男人，卻只是冷冷地、直直地站著。

身邊，彷彿繚繞著一層寒冰般的氣。

院子正前方就是雲門的正廳，廳門也緊緊地關著。有一豆燭光，在裡面靜靜地跳躍著。

這次，雲淨舒毫不考慮地就把門推開。

更重的血腥味，猛然就竄了出來，和著屍體微腐的酸臭，在空氣中攪和成一股令人難以呼吸的味道。

這正廳裡，沒有一個人。

不，不能這樣說，應該說，沒有一個活著的人。

整個廳裡，都堆放滿了蓋著白布的屍體，大大小小，橫七豎八。據說是煙州的知府派人打理了雲門的慘況，但這些屍身得一直留著等雲淨舒回來看過之後，才可以下葬。為了尊重逝者，他們還在正廳裡點了一盞長明燈，可是這幽幽暗暗、跳躍不止的燈光，卻使得這血腥濃重的廳裡，更顯得那樣的單薄而嚇人。

言初七站在廳門口。

雲淨舒卻已經一步踏了進去，伸手就掀開一塊白布。

初七立刻倒退一步，馬上轉開臉，那刺鼻的血腥味和慘烈的樣子，讓她幾乎差點吐出來。雖說她是個見過世面的鏢局小姐，膽子並不小，只是那白布下面的人死得太慘了，慘得令人根本不敢直視。

慘，太慘了。

初七低下頭，不敢看下去，雲淨舒卻一個一個地掀開白布，細細查看。

屍身一個比一個死得慘烈，有的還因為中毒，全身的肌膚都變成了紫黑色，眼眶凹下去，嘴巴突出來……

他們直直瞪著眼前的雲淨舒，似乎在無聲地向他訴說著那日遭人殺害的慘狀。

言初七看著雲淨舒走出來，有些猶豫地望著他。

他卻那麼堅定地站在那裡，眉心的那顆朱砂痣，真的像凝了血珠一樣的赤紅。

「沒有我娘。」

「嗯？」初七瞪大眼睛。

雲淨舒的身世，她當然是聽過的，他眉心裡的那顆朱砂痣，自然也是如此得來的。只是今日為何還會有這樣的慘狀？明明當年雲淨舒十二歲闖進仇家，已經把當年殺害他們雲門的人給清理乾淨了，為何會在十五年後又再次找上門來？難不成，真的是江湖恩怨，冤冤相報？

「下手的，是誰？」初七輕輕地問他。

雲淨舒慢慢地搖了搖頭。

「毒，是唐門的毒。但人，不像是唐門下的手。」

初七眉尖微皺。「那會不會是……像追殺你的人一般，也是雇傭來的殺手？」

雲淨舒蹙起眉頭。

言初七忽然覺得在月光下，牆角處有什麼閃閃發著光亮。她有些疑慮地走過去，發現竟然是一枚插在地上的金釵！釵邊有一行滲著血水在沙地上寫下的小字：雲兒，到唐門來……

「雲公子，這……」言初七驚訝地叫他。

雲淨舒走過來，低頭看了一眼，伸手拔起地上的那枚金釵，轉身就走。

言初七也連忙跟上他的步子。

從進入雲門，到走出去的這一刻，雲淨舒的臉上都一直保持著那麼鎮定而冷靜的表情，冷冷眸中只有那凌厲的光芒，而無半分的軟弱和悲傷。

初七走在他的身側，忽然望著他英俊的側臉。

這一刻，才猛然覺得，這男人是那麼堅強、那麼倔強，那麼凌厲而出色。自小就在哥哥堆裡打滾的自己，走在他的身邊，才驀然覺得有些軟弱起來。

「雲門到了。」趕車的車夫突然停下了馬車。

白子非連忙掀開車簾。

剛一跳下車，躺在車板上的安狐狸突然就直起身來，咻地一下子跳進白子非的懷裡，很小聲地說道：「仙人，有妖氣。」

白子非站在那裡，臉上不再是嬉笑或生氣的表情，他疊著眉頭，微微地點了點頭。妖氣。

沒錯，他一下馬車，就立刻感覺到了很強大的妖氣。

那妖氣就從面前的雲門裡散發出來，也許平凡人是看不到，但他和安狐狸都能感覺得到，在這個深沈的夜裡，那座院子裡幽幽暗暗地散發出來的氣，正緩緩地、慢慢地、漸漸地聚集，盤旋，把整個莊園全都籠罩……

在這樣的妖氣下，這裡彷彿就像是一座通往地獄的恐怖之門，一旦踏入，將永不復生。

忽然看到站在雲門門外的血紅馬和雪白馬，白子非的心頭一跳。「不好，他們還在裡面。」

他抱著安狐狸，就想要往門內跑。

忽然之間，大門吱嘎一響，兩個一高一矮，卻同樣威風玲瓏、帥氣八面的身影一起走了出來。

走在前面的是全身墨黑的雲淨舒，他臉上的表情很是冷漠，目光冷冷酷酷的，彷彿眼睛裡都看不到其他人一般。走在他身邊的，自然是穿著月牙白的底衫、配著淡紫色外衫的言初七，她的目光還算柔和，看到門外浩浩蕩蕩地開來的車隊，還微微點頭向大家打了一個招呼，但她的眸中卻有著一股淡淡的悲傷，那傷感似乎一直圍繞著她身邊的雲淨舒，讓站在旁邊的白子非心裡微微地怔了一怔。

「初七！」他對著言初七揮揮手。

言初七走過來，臉上微微地淺笑了一下。

大白公子正要心花怒放呢，突然看到雲淨舒一言不發地牽過血紅馬，又是一個迅速翻身，咻地一下子跳了上去。

於是言初七也沒和他多言，同樣跟著雲淨舒唰地一下子跳上馬背。

「喂喂，不是吧？還跑?!」白子非話還沒有來得及和言初七說一句，更別說親親人家言小姐了，竟然就這麼眼睜睜地看著他們兩個人一起上馬，沈默，揮鞭——

駕！

馬兒就像脫了控制般，瘋了一樣地狂奔而去。

「不是吧？還來？」白子非的臉都要垮下來了，他話都沒有說一句耶，居然又這樣擦肩而過?!

第七章　獨闖唐門

蜀中唐門，江湖上傳言最神秘、最會用毒的第一大傳奇門派，派中弟子甚少在江湖上走動，行事詭秘，下手狠辣，一旦被唐門盯上的人，是絕對逃不出生天的。

雲淨舒和言初七一路從煙州疾馳三百里到達唐門的時候，正是夕陽西落，晚霞滿天的時分。赤紅色的光芒，從唐門大門前高高的臺階上斜斜地照下來，自有名門大派的一派氣勢，又有傳說中的神秘感。

在疾馳而來的路上，雲淨舒一言不發。只是微皺著眉頭，似乎沈浸在自己的世界裡一樣。到了唐門，他的表情依然是那樣的冷冽，只是眸中有了一種不一樣的光芒。

言初七默默地站在他的身邊。

就在這時，唐門的大門忽地一響，有一隊穿著青色衫服的唐人，就從大門裡列隊而出，分成兩排地擋住他們的去路。

大門門口，站了個頭目模樣的青衣男子，手持一把利劍，大聲吼道：「山下來者何人，快快報上姓名！唐門豈容亂闖，擅闖者……」

電光石火間，言初七只覺得自己的身邊有一道青光閃過！那劍法，快如閃電，勢如流星！幾乎根本讓人看不清楚，只覺得眨了一眨眼睛，眼前花了一花，唰——

「擅闖者……死……」

青衫男子的最後一個「死」字才剛剛出口，就已經被雲淨舒手裡的流星追月劍壓住了喉嚨！

這個男人……太恐怖了，太強大了！

他幾乎什麼都沒有看到，準備護院迎敵的護衛們就全都歪七扭八地躺在臺階上，而這個男人已經襲到他的面前，掐住了他的命脈！這個朱砂公子……朱砂公子真的如同傳說中一樣的神秘而恐怖！只憑一把寶劍，就讓幾十個人沒有反抗之力的全倒在地上了！

雲淨舒手裡的流星追月劍閃著冷冷的寒光，壓在青衫男子的喉嚨上，他劍眉星目，冷冽如冰。「讓你們掌門，出來見我！」

青衫男子被他的劍壓住，害怕得膽寒。「掌門……掌門……不在……」

雲淨舒的手腕倏地一抖，凌厲的劍刃便朝著他的頸側猛然一滑，嗤地一聲，血就從那劍口上噴了出來。

青衫男子立刻痛得大叫。「劍俠饒命！掌門正在閉關修練，我帶你們進去……進去……」

雲淨舒押著他，走了進去，言初七連忙從後面跟了上去。

唐門裡的院子佈置得倒是十分雅致，成片的竹林分佈在院子裡的各個角落，通往大廳的青石板路都淹沒在竹林裡，看不清前行的方向。唐門裡倒是十分安靜，竟然好像沒有人發現門外那等慘烈的事情般。

這種安靜，讓初七覺得十分的怪異。

雲淨舒押著青衣男子才走了三兩步，將將踏入被竹林淹沒的石板小路上，突然聽得耳邊「簌簌」的極細微的輕響，兩旁的竹葉微微抖了一抖，言初七突然一步就衝了上去，大叫一聲：「小心！」

撲——咻咻！

從竹林裡突然射出千萬支袖箭來，像落下的雨點一般，直朝著雲淨舒他們撲了過來。

初七衝到他的身邊，手中的碧玉劍一抖！

劍身立刻挽出一個圓形的劍花，就把襲來的袖箭全部擋住！

雲淨舒也吃了一驚，一直聽聞唐門不僅是用毒的高手，更是暗器的行家，果不其然，才一進入門中，立刻就給了他們一個下馬威！他連忙揮動手中的流星追月劍，擋住另一拔（註五）的袖箭，卻不小心讓那個扣住的青衫男子逮到機會跳進了青竹林裡，霎時沒了影子。

叮叮噹噹那些袖箭碰到兩人的劍光，立刻都掉落在地上。

「停停停停停！停……馬呀！」

一聲超大聲的慘叫，從唐門山門外傳來。

但就隨著這聲慘叫，馬蹄聲倏然停止！

咻——哐！

註五：另一拔，意即下一波的攻擊。

突然就傳來一聲重物被拋出去的聲音，啪地一聲落在唐門高高的臺階上，狠狠地就摔成五片六片七八片，片片飄飛都不見……

「仙人，你還好吧？」趴在馬頭上，安狐狸有些關切地伸過脖子，好像很擔心地問道。

「我好……我好……我很好。」白子非猛然轉過臉來，淚流不止。「你看我這個樣子像是很好嗎？」

安狐狸被他鼻青臉腫的模樣嚇了一大跳。「呃呃……看起來……還好……呵，仙人，你下次再捉妖就這個造型吧，保證他們看一眼就會全部嚇死的。」

「你閉嘴！你這隻花狐狸，你存心想要害死我，是不是？」白子非氣得全身亂抖，可是卻沒有一點從地上爬起來的力氣。

要知道，他可是騎了整整三天三夜的馬！嗚嗚嗚，想不到仙人也要做這麼辛苦的體力活，那些人間的大俠們，根本不是人啊不是人！難道他們每天騎在馬上亂跑，都不會腿痛嗎？都不會顛得屁股痛嗎？他懷疑那些人的屁股都是鐵打的，不然像他這樣一路騎下來，不裂成三瓣，也會磨出七、八個痔瘡來的！充分證明了，大俠不是人當的！嗚嗚。

玩笑歸玩笑，安狐狸剛好站在馬頭上，立刻把唐家山門外看得一清二楚，不由得喊道：「仙人，你看！那麼多人都死了！」

白子非馬上從地上爬起來，對著那些人看了一眼。

「不，他們沒有死，只是被擊中了要害，要昏迷一段時間。」

看樣子，像是那雲淨舒下的手，那細細的劍傷，也只有他手中的那把流星追月劍可以辦到。

大白公子不由得皺眉頭。「還以為那個傢伙殺生太多，往生後要下地獄受輪迴之苦，沒想到那個傢伙還存有一絲善心，對這些無辜之人，還留了一線生路。」

安狐狸從馬頭上跳下來，跳到白子非的懷裡。「仙人說那個雲公子嗎？」

「嗯，是的。他身上血債太深，我總感覺他以後會受很重的苦。」白子非疊起眉頭。

安狐狸看了看他，有些失望般地搖搖狐狸腦袋。「仙人，你果然如初七小姐所想。仙人，不是我說你，龍陽之好即使是在仙界，也是不被看好的啊！」

暈倒！

白子非的鞋子差點飛到唐家大門上去。

「閉嘴啦，花狐狸！」這腐女星組織真是超級強大，現在連狐狸都能一起發展了。「不好，唐門裡有妖氣！初七他們被困了，我們快進去！」

一入唐門，立即覺得天旋地轉，彷彿被人翻動了時光流砂，一入此門，即五感全失！

「不好，是很厲害的妖氣！花狐狸，快屏氣調息，感應他們兩個的所在！」白子非伸手用袖子擋住自己的眼睛，以免被眼前幻化的境象迷失了方向。

安狐狸也不敢再作亂，連忙閉上眼睛，在他的懷裡調息打坐。

「就在西南方，他們被幻象困住了！」

片刻，安狐狸就向他報告。

白子非立刻帶著牠，就向西南方奔去。

雲淨舒和言初七並肩握劍，正被圍困在山竹林中。他們本是順著那鋪了青石板的道路前行，以為很快可以到達唐門的議事廳，哪裡知道卻像是誤入了歧途，越走越遙遠，越走越荒涼一般的感覺！最可怕的是，他們完全沒有退路，因為當你前行幾步之後，後面剛剛走來的路口就被堵死了！

他們恍若闖進了一個迷宮，越著急越無法出去，越憤怒越無法找到出口！甚至在竹林裡還有很多暗器，稍一不小心踏錯，就會被害死在這裡！

初七拿著碧玉劍，不小心往後退了一小步。

唰！

突然一聲輕響。

雲淨舒幾乎下意識地一伸手臂。「小心！」

嘩地一聲，一道帶著尖利刀刃的細絲就擦著言初七的頸子飛了過去！

如果不是雲淨舒及時把她向前拖了一下，她恐怕剎那間就會被那利刃割破喉嚨！

言初七跌到雲淨舒的懷抱裡，驚魂未定。

他身上乾淨而清爽的味道，讓初七的表情微微一僵。

不像白子非的嬉笑頑皮，他的懷抱，是冷硬而寬闊的。嬌小的她跌在他的懷中，竟不再像往日覺得自己是個武功不錯的女俠，反而像是個需要呵護的小女人了。
不過初七還來不及細想，忽然聽到身後有一聲疾呼：「雲淨舒！言初七！大白來……」
白子非狂奔而來，可那個「也」字，卻梗在了喉中。
她竟在他的懷裡?!
靈動的大眼，怯怯的眼神，不知為何，白子非心頭倏然刺刺的一痛。
言初七突然見到白子非，剎那間就像清醒過來一般，猛然跳出雲淨舒的懷抱。
白子非卻更為這個動作而微微的心痛。倘若她只是一直躲在他的懷中，那便也算了，痛或痛，悲或悲，只不過一念之間。轉身，那麼所有都可以忘記。
可是她竟瞬間把他推開了。
這一推……直教白子非千迴百轉，心碎如絞。
「仙人，仙人你怎麼了？」安狐狸看到外面沒有動靜，連忙推推白子非。「仙人你別發呆，我們現在要先帶他們逃出迷宮啊！」
白子非這才回過神來，也不追問，只是用很正經的表情說道：「唐門裡有很重的妖氣，這裡乃幻象迷宮，普通人都會被眼前的景象所迷惑，所以根本走不出去。你們聽我的，把眼睛閉上，跟著我的腳步，就能從這裡闖出去！」
雲淨舒蹙眉，對於這個人跟來他並不吃驚，但吃驚的是，他以前在言家還算是救了自己性命懂得醫術的奇才，怎麼才這一轉瞬間，就變成了會感應妖氣的……

「覺得我像捉妖的道士，是嗎？」白子非竟能讀懂他的心思。「都跟你說了，我是江南第一奇才，我的學問可是高深莫測的，你不知道的事情，還多著呢！快閉上眼睛，跟我來！」

白子非也不和他們多說，只是一邊拉住雲淨舒，一邊拉住言初七，讓他們閉上眼睛，大叫了一聲：「走！」

三個人疾速地向著那青灰色的牆壁撞過去！

他們竟然就像是穿過一片水波一樣的，霎時就從那迷宮中掙脫出來。眼前的竹林，都消失不見，唐門的大議事廳，就在眼前。

「啊！出來了。」初七驚嘆一聲，和雲淨舒轉過頭去，望著身後的白子非。

白子非正在手快腳亂地藏安狐狸露在他胸前的尾巴，一看到兩個人轉身，立刻抬起雙手，做出兩個「V」字手勢，外加一臉燦爛明媚的笑容。

不過雲淨舒只是微微頷首，就轉回身去。

言初七對著他也是極淺的一笑，也跟著一起轉回身去。

原本興沖沖的大白公子差點就要被氣得內傷。他好歹也是騎了三天三夜的馬趕來救他們的耶，結果就給他這個表情？

白子非實在要被他們打敗了，但是這實在也怪不得雲淨舒和言初七，因為竹林迷宮已過，唐門的議事大廳就在眼前。

彷彿有人早已經知道了他們會來似的，竟然廳門大開，還有兩個穿著粉黃衣裳的丫頭站在門口迎接他們，笑咪咪地對著他們做了個請的手勢。

好奇怪，迷宮招呼之後，竟是善意相待嗎？

雲淨舒和言初七都微愣了一愣，但還是抬腿走了過去。

白子非還在後面磨蹭。「喂，你們去哪……等等我呀！」

踏入唐門議事大廳，這裡的佈置素雅幽靜，沒有那些名門大派的金碧輝煌，倒是更加的清新別致。議事大廳裡到處都吊著粉黃色的紗縵，飄著淡淡的蓮花香氣，甚至在廳中央居然還有一片小小的水池，有純白色的蓮花，正在那裡嫋嫋綻放。

這蓮花的香氣，似乎有些熟悉？

雲淨舒微微地蹙眉。

「喂，這唐門的大廳佈置成這樣，不是太女人氣了嗎？」白子非走過來，懷裡的安狐狸微微地動了一下，似乎很不舒服。白子非把手放在胸前，輕輕地摸了牠一下。沒想到安狐狸的銀毛都已經豎起來，似乎有股很強烈的妖氣，就在這大議事廳裡！

「哈哈哈！雲兒，難道你連姨娘都忘記了嗎？」

忽然之間，竟有一抹爽氣如雲的笑聲在廳內響起，那坐南朝北的方向上，粉黃色的紗簾被層層掀起，高高坐在議事廳正中央的人，竟然是個雲淨舒非常熟悉的面孔！

雲淨舒一皺眉頭。「是妳。」

「咦，是誰？姨娘？」白子非好奇地湊過來。「喂，妳是他爹的老相好嗎？第五十幾任小老

婆呀？」

咻！

坐在議事廳寶座上那位全身鵝黃的半老女人，差點沒從座位上跌下來，她憤恨地拍著雕花大椅的扶手。「我不是他爹的什麼五十任老婆！姨娘～～是阿姨的姨！笨蛋！」

「哦呵呵，原來是阿姨的姨啊。那妳不說清楚，我還以為妳是他老爹以前的舊情人呢。失禮失禮。」大白公子把手一拱，實在把人家嘲弄得一無是處。

半老女人簡直快要被下面這個白衣小兒給氣死了，可是不行，她還不能輕舉妄動。這三個人看起來雖然普通，但是剛剛竟能闖過她的竹象迷宮，這個穿白衣的小兒，功力自不可小覷。而雲淨舒和言初七又是名滿天下的武功高手，若想不費吹灰之力……

「雲兒，你連葉慈姨娘都不記得了嗎？當年你娘生下遺腹的你，我還曾經抱過你呢。」

雲淨舒的臉上微微地變了變色。「在下曾聽娘親提起過。」

「是啊，你娘親可是我的師姐呢。」葉慈望著雲淨舒，這個當年在襁褓裡的嬰兒，果真出落得英俊瀟灑，落落大方。只可惜……

「既然是舊識，那有些話就更好講了。」白子非知道雲淨舒這個傢伙是有話問不出口的，便擠上前來，替他開口：「葉掌門，前幾日雲門出事了，不知妳知不知道？還有雲淨舒這個傢伙，自從在燕幽城就一直被人追殺，對方還下了唐門的毒，這件事妳知不知道？」

「哦，有這等事？」葉慈眨了眨眼睛。「我唐門之毒，不會擅傳，雲門之事，我更是一概不知。但倘若你們問到我這裡，我既是雲兒的姨娘，便不得不理。這樣好了，你們先到偏房休息一下，待我問過唐門收發江湖消息的人員，再跟你們交談，可好？」

葉慈坐在那上面，說得是有根有據的、很是體貼的樣子，可是不知道為什麼，就是讓人覺得有些不舒服。

雲淨舒並沒有回答，只是提著他那把流星追月劍，很冷漠地看著眼前的一切。

「好，就按葉掌門說的辦。」白子非拍拍手，替他們兩個人做了決定。

這兩個人啊，打架一等一，說話零等零，再給他們三個時辰，也問不出什麼。白子非真是替他們頭痛，就這樣的搭配，還來報什麼仇啊？

「走吧，我們去休息一下。」白子非拉住雲淨舒和言初七，就跟著葉慈的手下朝廳外的偏房走去。

他得快點幫雲淨舒解決這裡的事情，馬上回去言家。那麼他就可以把混世丹拿回來……拿混世丹……嗯，和她親親……

三個人進了偏房剛剛坐下，想要休息一下，畢竟坐在馬背上狂跑了三天三夜，真的已經筋疲力盡。如果不是因為仇恨的火焰燃燒著雲淨舒，大家都不會堅持這麼久而不知疲倦的。

但只不過假寐了半個時辰，忽然聽得窗紙上「撲」地一聲輕響。

「有毒！」言初七耳力最好，瞬間就彈起身來！

果不其然！

房間的窗紙上竟然多了幾根非常細微的竹管，正有冉冉的白氣從四面八方吹進來，而且他們一站起身才發現，剛剛昏黃的屋子裡竟然燃了七、八盞紗燈，每一盞燈的燈罩上方，都有裊裊的毒氣散出來。

「中計了！」白子非敏銳地反應道，他隨手就抽起房間內的布簾，唰唰兩聲就把布簾撕破，然後把桌上的茶水倒在布簾上。「快，用它掩住口鼻！這個笨蛋唐門，每次都用毒煙，難道不知道吸得次數多了，就學會防範了嗎？」

言初七接過白子非遞過來的布簾，捂住口鼻。「門窗都被鎖了，怎麼辦？」

雲淨舒站起身來，不言不語，卻劍花飛轉！

唰！啪！

劍聲清脆！

從外面扣在門扇上的門鎖，即應聲被削斷！

「哈哈！好劍法！」白子非興奮的大叫。「我就知道我們三個人組隊，一定天下無敵！你的劍法，妳的機警，再配上我的博學多才，肯定打遍天下無敵手！唐門的掌門，妳這個老笨女人，以為只是那麼一點點毒煙，就可以毒倒我們嗎？哈哈哈，妳妄想！」

他們三個從偏房裡衝出門來。

可還沒跑上三兩步，更大的尖笑聲就已經傳了過來：「哈哈哈！你以為我會那麼笨嗎？只是放點毒煙，就毒死你們？告訴你們，煙是沒有毒的，有毒的，是你們手中的茶！」

不好！

白子非在心內大叫一聲！他七算八算，卻唯獨算漏了這一招！煙原來是無毒的，而倒在布簾上的茶水，才是真的有毒！這些水的味道吸進鼻孔裡去，才驀然覺得是那樣的酥麻，竟會讓眼前一片撩亂，有些迷幻一樣的感覺！中毒了，這一次，真的中毒了！

言初七和雲淨舒頓時也覺得有些不好，手持著劍都快要看不清前方的人影，腦子昏昏的，就快要暈倒！

不行，不能這樣下去，不然他們真的要死在這裡！

白子非把手伸進懷中，輕叫了一聲：「狐狸！快！」

安狐狸在他的懷裡差點要睡著了，突然被驚醒，立刻就眼睛一眨，爪子一伸！

「唰！」在所有人的面前，竟然閃過一道銳亮的光芒，頓時就讓葉慈她們的眼前一片白茫茫！

「快走！」

白子非拉了雲淨舒和言初七就跑。

這次上了那個老女人的當了，居然放煙霧是假，以茶水放毒才是真！唐門唐門，果真很毒！女人女人，心如蛇蠍！

他們得快點找個地方坐下來，調息療毒。雖然他沒有帶神行針來，但有安狐狸在，還可以解決一點毒氣。白子非到這個時候，忽然有些感激安狐狸的一路跟隨了。

正當他們混亂的時候，安狐狸突然喊了一聲：「那邊……有個山洞！」

白子非想也沒想的，就拉著他們兩個人跑了過去。哪知道才剛剛走進去，就覺得腳下一空——咻地一聲，整個人就像是坐了溜滑梯一樣，一直朝著下面，瘋狂瘋狂地直溜下去！

「啊……唔……」

在三個人終於狂溜到底的時候，竟然聽到一聲強烈的呻吟，似乎在這洞底，痛楚非常。

「是誰？誰在那裡?!」白子非大聲地喊道。

第八章　娘親

「娘親！」

黑暗中，一直冷漠而沈默的雲淨舒，竟然低聲叫喚道。

那個黑暗中呻吟的影子，猛然坐起身來，披頭散髮的女人藉著地洞裡唯一的縫隙射過來的一點光亮，有些驚訝地瞪圓了眼睛。

「雲兒？是你嗎？你真的來了！」

白子非和言初七均是一愣。

聽這口氣，莫非真的是雲淨舒的娘親？不會吧，他們百般尋找，還中了毒，都沒有找到，難道就這麼巧地在這地洞裡遇見了？

「娘親！是我，我是雲兒。」雲淨舒卻已經迎了上去，扶住母親的手。

不過，白子非還是覺得有些怪異。

他們母子重逢，理應是非常的激動才是，可是他的娘親並不抱他，他也並沒有特別欣喜的感覺。

「雲兒，你終於找到這裡來了。雲門裡那些人怎麼樣？」雲娘抓著兒子的手，雖然地洞裡光線昏暗，她卻還是在努力看清兒子的臉龐。

雲淨舒微微地皺一下眉頭，眉宇間的朱砂痣像染了血一樣的紅。

「大娘二娘三娘她們……都已經去世了。」

「哦……」雲娘嘆了一口氣，似有些惋惜。「雲兒，別難過，還有娘親陪著你。我知道這個地方有另一個出口，可是那裡有一塊大石，我搬不開，所以出不去。我們現在快到那裡去，快點出去吧。」

雲娘扶著雲淨舒，雲淨舒連忙點了點頭。

看起來已經非常虛弱的雲娘，帶著他們三人就朝著透著一線光亮的來源處走了過去。

白子非和言初七走在後面，他狐疑地皺著眉頭。「有點奇怪。」

「嗯，什麼？」初七聽到他的話，轉過頭來看他。

「初七，妳不覺得奇怪嗎？如果一個人被困在這樣的黑暗中太久，眼睛會習慣黑暗，很難朝著那麼光亮的地方望過去吧？再說，我們剛剛落下來時，她和雲淨舒母子倆看起來並不親暱，反而是那什麼大娘二娘三娘，似乎和雲淨舒還比較親近些？」白子非有些疑惑。

言初七想了一想。「我想，雲公子應該是因為庶出的關係，所以娘親也不受到重視，而大娘二娘三娘應該是比較受寵的妻妾，所以從小撫養他這個兒子長大，那麼雲公子和他的親生娘親也就不是那麼親暱了。」

「哦，是這樣嗎？」白子非皺皺眉頭。「你們人間真奇怪，一個男人偏偏要娶那麼多老婆，家裡都打成一團了還要不停的娶。」

「你們人間？」言初七瞬間抓住他的用字，有些疑惑地對他瞪圓眼睛。

白子非驀然察覺自己說錯了話，立刻哈哈地嬉笑起來。「沒什麼、沒什麼，我隨便說的，隨便哈！」

他打著哈哈就向前面跑去。

言初七站在那裡，若有所思了下。

剛剛在他哈哈笑的那一瞬，她忽然看到他的懷裡有個毛茸茸的大尾巴，咻地一聲就鑽進了他的衣衫裡。難道……他的身上，有什麼妖獸不成？

「初七，幹什麼呢？快走呀！」白子非不見她跟上，連忙回過頭叫喚她。

「嗯。」言初七答應一聲，隨即向前跑去。

現在還不是追問他這些事情的時候，待他們從唐門脫身，再慢慢詢問吧。

一行人朝著唯一有光線的地方跑去，走到盡頭，果然有一塊巨石擋在洞口。

雲淨舒和言初七相互對視了一眼，也沒有多說，兩人便同時抬手揮劍！

唰——

兩道碧綠的劍光就像是流星一樣地襲過去。

啪！

大石雙向同時受力，喀嚓一聲就裂成了三片，轟隆隆地倒塌下來。

「娘親，我們快出去吧。」雲淨舒扶住雲娘，只想帶她離開這裡。

幾個人也不敢耽擱，連忙從地洞裡跑出來。

剛剛還想慶賀逃出生天，終於可以離開唐門，以後的事再從長計議……但不料才剛踏出洞口，忽然就看到洞門外，一大群粉黃粉黃的女人，把這小小的洞口圍了個水泄不通，雲淨舒的那個老姨娘，老神在在地坐在不遠處，笑咪咪地看著他們一行逃出來的人。

「雲兒，找到你娘親，很容易嘛。」葉慈對他們笑咪咪的，但那表情，分明是不懷好意。

雲淨舒立刻上前一步，把所有人往後面一擋。「妳到底想怎樣？關了我娘親，又對我們下毒？雲門那些人，想必也是妳殺的，對不對？」

「哈哈哈！」葉慈竟然狂笑起來，臉上的粉渣渣直往下掉。「下毒的是我，追殺你的人也是我，但是雲門那些人，不是我殺的。我還沒有那麼無聊，跑到煙州去一個一個砍那些人的頭。不過，自然會有人想要做這件事情。」

「妳到底想要什麼？」雲淨舒立在那裡，一想起雲門那些慘死的人們，還有那些一路追殺他、對他下毒、不肯放過他的人，他全身冰冷的寒氣又像是火焰一樣地蒸騰起來，那凌厲如利刃的眸子直直地瞪著眼前的葉慈。

「哼。」葉慈冷笑了一聲。「其實，我本來不想殺你的。對我來說，你全身的功力實在非比尋常，如果把你扣在唐門，吸乾你的內力，那麼我便可以天下無敵，殺光所有的名門正派，令我們唐門一統江湖，號令天下！只不過我怕那些笨蛋打不過你，所以便索性下毒了事。可是那些笨蛋果然是笨蛋，那麼多人，居然連你一個人都解決不了！但是也沒什麼好遺憾的，因為你自己闖來我的禁地，還帶來兩個這麼出色的幫手。哈哈！就讓我吸乾你們的內力，奪去你們的功法，成為天下第一掌門！」

葉慈狂笑一聲，隨即飛身朝著他們狂撲過來！

「哇，瘋姨娘來了！」白子非一看到那女人凌厲地撲過來，立刻尖叫著向後退。

那葉慈飛到半空中，差點沒被白子非這句話給氣得掉下來。

「白癡小兒，都跟你說了一百遍，我是阿姨的姨！」葉慈飛在半空中，生氣地揮舞衣袖。

白子非雙手插腰，更豪氣千雲地吼回去：「就算妳是大姨媽的姨，妳還是個瘋子！」

咚！

一個搖晃，那瘋女人就從半空中直直摔落下來。可惡，打架不興用嘴的好不好？這個白衣小兒，嘴皮子最是可惡！

葉掌門真的快被氣瘋了，揮起衣袖就直接朝他們襲去。「廢話少說，接招吧！」

啊?!接招？

接嘴皮子白子非最在行，但接招的話，還是讓他們兩個去吧！白子非就像條滑溜溜的小魚，倏地一下子直接蹦到雲淨舒和言初七的身後。

「該你們了！」

唰！

雲淨舒和言初七，立刻出招迎敵！

這葉慈的粉黃衣袖，可不是故意要做成這淡黃色的，而是因為她的袖中長期藏著毒粉和暗器，被那粉末中的硫磺等物長期浸染，於是就變成了淡黃色的衣裝。於是唐門裡所有人索性都穿這種淡黃色的衣服，這也代表著每個人的袖中都藏有劇毒的暗器！

唰！嗆啷！

言初七和雲淨舒的長劍被葉慈的長袖纏住，兩個人同時使力，劍刃撞在一起，又猛然退開，劍身發出清脆的響聲，差點就要把葉慈的長袖割斷！

葉慈連忙向後退，她自知雲淨舒和言初七都是武功非常的高手，因此暗下一個手勢，那些圍在旁邊的女人們立刻急衝過來！

「啊呀，不好，被包圍了！」白子非一看到她們全上了，頓感不妙。但最奇怪的是，站在他身邊的雲娘，本應更加慌亂才對，但她的表情卻有些坦然似的，只是盯著面前的雲淨舒，臉上還露出一絲淡淡的神秘微笑。

咦，這是什麼意思？難道是看自己兒子打架看得太爽了？她這反應讓白子非很是不解。

此時前面的雲淨舒和言初七卻已經戰得天昏地暗。言初七手裡的碧玉劍就像是一道天然的屏障，劍花如光，挽得如風如雲，任何人只要稍稍靠近，就會被整個劈出九尺之外！實在是劍中女俠，俠中女劍！而雲淨舒自不必多言，人家是用劍的祖宗，風流倜儻，打敗天下無敵手的朱砂雲公子！

只見他和葉慈上下翻飛，一柄流星追月劍，一襲綿裡藏刀水袖，直舞得天昏地暗，殺得風生水起！雲淨舒的劍尖幾乎就要刺破葉慈的水袖，卻又被她微微地一退，一招綿裡藏針又反攻回來！雲淨舒立刻向後退，彎腰閃身，水袖裡的利刃擦著他的耳際就直飛過去！

這樣的大戰，直看得人心驚膽戰，膽戰心驚！

但是狂怒的雲淨舒，腦海中忽然浮起雲門家人慘死的模樣，怒火從他凌厲的星眸裡噴射出來，而周身那熊熊燃燒的殺氣已經完全把他淹沒！

就見他手中的流星追月劍突然寒光一閃——

唰！

尖利的劍身立刻順著葉慈的左肩直到胸口處橫掃過去！

可是，就在這一瞬間，白子非突然覺得身邊有人一動，霎時寒光一閃！

「雲淨舒，小心！」

唰！

雲淨舒突然覺得自己的身後像是有一道烈焰，猛然襲上他的肩頭，灼熱地傷透他的肌膚，直要燙進他的心裡！

言初七手裡的碧玉劍也驀地一停。

幾乎有些不能相信的，所有人都吃驚地轉過頭來。

那個披頭散髮的雲娘，手裡竟然握著一把砍向兒子脊背的寒刀……

曾經有人說過，像雲淨舒這樣的武林高手，一般人是無法傷得了他。除非，那個傷他的人，

是他的至親至愛，是心甘情願保護在自己身後的人。

「娘！」連向來沈默的雲淨舒都忍不住驚叫了一聲。

雲娘握著手裡的刀子，那刀刃上還有著緩緩滴落的鮮血。「別叫我娘，我根本就不想成為你娘！」

一直看起來溫柔恭順的母親，在這一剎那間，卻像是變了個人似的，披頭散髮的臉龐上，有兩隻血紅的眼睛，那凌厲而決絕的眼神，甚至比雲淨舒的眼眸還要凌厲和冷漠。

白子非站在旁邊，心內不禁暗暗地抖了一下。

這個女人的身上有妖氣，剛剛他還沒有感應出來，這一刻，她突然變強，竟瞬間就完全散發出來！

「娘，妳怎麼了？」雲淨舒只覺得背上傷痛難當。「為什麼會說出這樣的話？難道妳和她……」

「沒錯。」雲娘打斷雲淨舒的話，冷漠地開口：「我和師妹已經聯手，準備殺掉江湖上所有的名門大派！我們要把唐門發揚光大，成為江湖上一等一的大派！從此之後，我和師妹就是江湖上的統領，江湖，將要成為唐門的江湖！」

「怎麼會這樣?!」雲淨舒從來沒有見過這樣的娘親，他吃驚地倒退一大步。娘親在雲門一直是個溫柔恭順的女人，可是今天她居然拿起了刀，刺向了自己親生的兒子？又和唐家掌門聯手妄想一統江湖?!「娘，妳為什麼會變成這樣？」

葉慈站在旁邊，凶惡地大吼：「別這樣對你娘說話！她根本不想做你的娘！如果當年不是你爹強暴了她，又硬生生地把她和所愛的人分開，也許她現在會過著無比快活的神仙日子，也不用躲在雲門裡，生下你這個兒子，受盡雲門所有人的凌辱！」

什麼?!

這些話，震得雲淨舒險些站不住腳，他驚訝萬分地看著自己的娘親。

雲娘站在兒子的對面，手裡的寒刀閃著冰冷的光芒，可是她臉上的冷漠卻比寒刀更冷上三分！

「沒錯。這輩子我最後悔的事情，就是生了你。」

雲淨舒握著劍，站在冷冷的夜風下。

夕陽已經完全落了下去，只剩下一絲晚霞，依然固執地染紅了天空。

「當年就是你爹硬生生拆散了我和師兄，害得師兄浪跡天涯，而他還強暴了我，把我硬塞進了雲家！我整日以淚洗面，而你爹所娶的大娘二娘三娘，沒有一個看我順眼的。她們的武功比我高，她們的用毒比我狠，我不敢喝水，不敢吃飯，不敢睡覺，你知道那時候，我過的是什麼樣的日子嗎？」雲娘對著兒子痛喊，淚水從她幾乎已經失去光芒的眼睛裡，一滴一滴地掉落下來。

「可是，我竟懷了你。你父親知道後，拿走了我房間裡的一切利器，把我反鎖在屋子裡，只為了強迫我生下你這個兒子，為他們雲家傳宗接代。我就像是被囚在牢籠裡的鳥，想飛不行，想死不能！我想墮胎，我想殺死你，我不想要你這個兒子！」

雲淨舒的身子，猛然搖晃一下。

「不過，人在做，天在看！雲家的仇家尋來了，把雲家全部滅門！哈哈！那時候，我的心裡在笑，在狂笑！可是，為什麼那些人只殺死男人，不殺死女人？為什麼不把你父親那些惡毒的妻妾們全都殺死？還讓我在那個下著雨的血腥之夜，把你生了下來……

「雲門所有的男人都死了，只有你活著。那些女人說我是不祥之人，說我沒有資格撫養你，所以她們把你抱走，她們把你教養成人！沒錯，她們把你教成了一代大俠，要你去給你那個死鬼父親報仇！可是當初我如果不生下你，我就不用再留在雲門，我就不必再受那些女人的侮辱！所以，我要殺了她們！」

雲娘的臉色愀變，已經昏黃的眼珠突然凶光乍現！

白子非立刻倒退一步，心裡直覺不妙。怨恨已經讓這個女人的身上有了特殊的味道，而妖最喜歡這種無法化解的怨氣，因為這樣的人被妖氣附身，會變得更加的凶殘，更加的沒有人性！

葉慈看到話也說夠了，便跺腳道：「師姐，別跟他們解釋那麼多，反正雲門我們都已經殺光了，現在就解決了這幾個小鬼，再把剩下的那些什麼名門正派一律殺光！就讓我來替妳解決妳恨了半輩子的兒子，讓他把他的內力全都傳到我的身上來！」

葉慈大叫一聲，手中的水袖突然舞出，淡黃色的袖下突然有微微的白霧散出，言初七上前一把就拉住雲淨舒，把他猛然向後拉。「小心！」

「小丫頭，受死吧！」葉慈隨即和初七攪鬥在一起。

雲淨舒的心內，自是痛楚非常，沒有人可以想像他現在的心裡會是多麼的悲傷，自己的親生母親竟然說出那樣的話，那種傷，直直地刺入了他的心底！比身上的傷還要痛一百倍、一千倍、一萬倍！

雲娘看到葉慈已經和言初七動了手，也不多說，竟然揚手就朝著雲淨舒直襲過來！

白子非驚愕得眼睛都瞪大了。這個女人真的瘋了，失了心性，她對自己的兒子動了一次手還不夠，現在真的想把他殺死?!未免太狠毒了吧？

可是眼前的這個雲淨舒竟然還怔怔地站在那裡，白子非看不下去，伸手就拉了他一把！

「別發呆了，你再愣下去，我們都會死在這裡了！」

唰！

雲娘手裡的寒刀已經狠狠地揮了過來。

白子非無處可躲，一下子就被刀刃帶到，頓時就覺得胳膊上一道火辣辣的刺痛，衣袖破裂，血漬滲出！

「完了完了，我中刀了！好痛！」大白公子本是天上的神仙，哪曾被人用刀砍傷過？頓時覺得疼痛非常，一屁股跌坐在地上。

雲淨舒彷佛因白子非的這一聲尖叫才回過神來，根本沒有時間給他猶豫，他立刻拿劍朝著母親就——

嗆啷！

流星追月劍和寒刀撞在一起，火花四起。

雲娘的臉孔在寒刀刀刃上都變了形。「好！回手的好！當年我就想和你爹一決死戰，但是都沒有機會，今天你已經長大，也越來越像他，那麼就由你代替他，和我好好地戰一場！」

雲娘手中寒刀，一刀一刀毫不留情地朝著兒子刺過來。

雲淨舒抬劍迎擊，但他卻根本沒有還手，只是一劍一劍地擋架著，任憑母親一步步地朝著自己狂逼過來。

白子非站在後面，看得那叫一個糾結。

母子動手，母親要殺兒子，兒子擎劍，卻只是推擋，那該是一個什麼樣的心痛！這世間的世事，真是捉弄人。

哐哐哐！

雲娘又朝著雲淨舒劈來三刀，有一刀甚至險些劈到他的額頭上，但雲淨舒卻還只是擋著，擋著……只見雲娘的眸中寒光一閃，刀鋒又起，雲淨舒抬劍再擋，卻不防雲娘的另一隻手裡竟摸出一把袖劍，眼看就要朝著雲淨舒的胸口直刺過去！

不好，雲淨舒這次真的命要難保了！白子非驚得一身冷汗都快要冒出來。

就在這一剎間，正和葉慈纏鬥的言初七，忽然唰地一聲把碧玉劍橫了過來，噹地一聲就擋住了雲娘暗地裡施出的那把劍。

雲淨舒倒退三步，可葉慈的水袖卻已經重重地抽在初七的背上！

「啊！」初七吃痛，猛然向前跌倒，一口血就噴了出來！

「初七！」白子非驚叫著撲過去。

雲淨舒的黑衣濺上初七的鮮血，那溫熱的血，就像是一劑醒世的良藥，倏然間就把雲淨舒給猛地炸醒。

「哈，師姐，他們三個都已經受傷，不行了！」葉慈狂笑起來。「讓我們吸光他們的功力，送他們上西天！」

「好！」雲娘面對著親生兒子，竟沒有絲毫留情。

兩個剛剛還看似正常的半老女人，忽然之間容貌大改！她們竟然黑髮變紅，黃衣變黑，尖尖長長的指甲，像是貓兒一般地伸長出來！

白子非抬頭一看，立刻大吃一驚！

「不好，她們拜了貓妖，難怪會這樣無情！」

受了傷的初七吃驚地看著白子非。「什麼……貓妖?!」

「是一種妖怪，牠們以吸附別人的精氣和功力為生！傳說拜牠為師，就能得到無上的能量！難怪雲門裡那些人死得那麼慘，都是被貓妖給抓死的！」白子非還是第一次見到附身的貓妖，立刻就大吃一驚。

一直躲在他懷裡沒有動靜的安狐狸也被驚動了，牠從白子非的懷裡探出頭來。「好強的妖氣！」

初七看到那銀毛的狐狸，頓時就被驚了一跳。

但現在這個境況，根本來不及詢問什麼。

幾乎已經被打擊得呆掉的雲淨舒，忽然間跳起身來，握住手中的流星追月劍，就朝著葉慈和雲娘飛速地揮了過去——

劍若流星，劍氣如虹！

幾乎是一眨眼的瞬間，雲淨舒的劍光已經掃過葉慈和雲娘，她們尖尖的指甲立刻就被削掉了大半，血流如注！

「啊！」葉慈痛得大叫。

「呀——」雲娘也難以支撐地尖叫。

「妳養的這個小兔崽子太厲害了，讓我親手殺了他！」葉慈徹底被激怒了，她尖叫著就朝雲淨舒衝過來！

白子非這時真恨自己不會武功，眼看初七受了傷，還在努力地迎敵，他卻無法出手相助……

可是現在最重要的是，得趕快收掉那兩個女人身上的妖氣！那樣她們就不會再作亂人間，當然……她們也會因此而死去。

但現在已經顧不得那麼多了。

白子非對著雲淨舒喊道：「雲淨舒，把她們逼到石壁上，我來助你！」

雲淨舒的流星追月劍帶著急迫的速度，直朝著葉慈和雲娘飛掃而去！

他果然不愧是江湖上傳言劍最快、武功最高、劍法超群的一代大俠！即使是拜了貓妖的唐門掌門葉慈和雲門的雲娘，也完全不是他的對手！如果不是那兩個女人身上有著非比尋常的妖氣護身，她們早就被雲淨舒一劍劈死了！

只見雲淨舒步步緊逼，兩個人被逼到了石壁的最角落處，無處可逃了！

葉慈徹底生氣了，尖叫著亮出爪子。「貓妖大神，請賜我無上的力量，讓我吸乾這個人的所有功力！」

她尖叫一聲，那已經削掉的指甲，竟然瞬間又長了出來！

雲娘也跟著她大吼一聲，朝著雲淨舒就狂撲過去——

白子非心裡大叫一聲，就是現在！

他對著懷中的安狐狸吼道：「狐狸，快，助我！」

安狐狸立刻挺起身子，猛然運氣！

白子非三兩步跑到雲淨舒的身後，手臂一揮，左右兩手均搭上雲淨舒的臂膀，只見到兩道光芒閃過，雲淨舒手裡的流星追月劍，頓時就閃出銳亮的光！

雲淨舒握住那劍，眉宇間的朱砂痣，就像是凝結了的血珠一樣閃光！

唰——

劍起手落！

「啊——啊——」兩聲痛徹心肺的慘叫！

白子非立刻從口袋裡摸出一個很小的白色袋子，大叫了一聲：「收！」

兩團妖氣霎時就從葉慈和雲娘的身上直飛出來，咻地一下子鑽進白子非手裡的那只白口袋，消失不見。

被雲淨舒刺中胸口的葉慈和雲娘，立刻無力地倒了下來。

雲淨舒手裡的劍一軟，上前一把抱住娘親。

「娘！」他抿著嘴唇痛喊，亮如星子的眸子裡，滿是那樣狠狠的傷痛。

他從未想過，要和自己的親生母親動手，也從未想過，母親竟然是那樣痛恨著自己的出世。他曾經以為，雲門雖只剩下他一個男兒，但家人親暱，幸福平安，但是沒想到，在層層的平靜之下，竟是這樣的暗潮洶湧，竟會惹來這樣的災禍……

雲娘倒在兒子的懷裡，血流如注。

她知道自己已經沒有了活路……可是這一切……這一切都是她自己的選擇……只是在這最後的一刻……雲兒……

雲娘抬起頭來，看了一眼雲淨舒。

她的兒子，她那麼痛恨卻又無力拒絕他出世的兒子，他是那麼的英俊非常，眉宇間的那顆朱砂痣，似乎還在提醒著她，那一夜別人刺穿她肚子的疼痛。可是，這一切終究還是要結束。

她的睫毛微抖了抖，努力地抬起手，想要摸一摸雲淨舒的臉孔。「雲兒……但願……來世……你不要再做……我的兒子……」

手指根本沒有觸碰到雲淨舒的臉頰，就那麼倏然地滑落……

時間，恍若靜止了。

呼吸，似乎停止了。

天邊最後一絲霞光，終於也隨著雲朵的散去而漸漸消逝……

整個大地，都幽幽暗暗地沈寂下來。

雲淨舒靜靜地抱著雲娘。

終有一大顆眼淚，從他濃密而微彎的睫間，滾滾地跌落下來……眉間的那顆朱砂，就像是血珠一樣紅……

第九章 仙人有約

說起來還真讓人生氣，難道他白子非就那麼隱形嗎？難道他為他們指點幻象，動用法力都是假的嗎？居然都這麼直接返回言府，全然不提他大白公子的功勞？嗚嗚嗚，難道這就是人生……這就是讓人無限感嘆，無限唏噓的人生啊！

白子非對月感嘆。

忽然看見行者阿黃從狗洞裡鑽出來，帶著滿臉鬱悶的表情。怎麼了？難道言家那邊又發生什麼事嗎？大白公子彎下腰，確定一下阿黃洞洞裡沒別的東西，這才小心翼翼地伏低鑽進去，朝著言家的後院望去——

月色如銀。

幾乎不用搭眼看去，一下子就可以看到那水音廊邊的一對璧人。

朱砂公子雲淨舒，武林美少女言初七，並肩站立在那水音廊下，彷彿真是一對神仙般的妙人。

白子非伏在阿黃的洞洞裡，不知為何，心裡竟有點微酸的感覺。

夜晚的風，輕涼地吹過他們的衣角，微微撫弄那如絲般的長髮，有一種蕭瑟卻淡然的感覺。

雲淨舒默默地坐著，眉宇間的那枚朱砂痣像是血珠一樣的紅。

他靜靜地望著池中的那一彎明月，不知為何，母親臨死之前的那一句話，又浮上心來：雲兒……但願……來世……你不要再做……我的兒子……

來世？來世不再做妳的兒子……難道今世是我自己的選擇嗎？我能拒絕自己的出生嗎？我能控制自己的命運嗎？我能選擇自己的父母嗎？不……不能……沒有人能做到這一切……於是，我只能是你們的兒子……

可是命運卻是那樣的殘忍，我的出世，父親離世，母親怨恨著這一切……甚至說出，今生最後悔做的一件事，就是生下自己。

那一刻，雲淨舒雖站在娘親的面前，但心，早已經四分五裂。

從小就生長在雲門，雖然沒有父親兄長，但他一直以為自己是幸福的；雖然背負著家族的仇恨，但他一直以為自己是有人疼愛的……可是現在……現在娘親卻已經把一切都毀滅……

他甚至是一個……不該出世的人！

雲淨舒倏然握緊拳頭。

砰地一聲，拳背狠狠地砸在旁邊的描金柱子上，有絲絲的血漬從指縫裡慢慢地滲出來。

言初七默默地走到他的身邊，拉起他的手，從自己的衣袖裡抽出一方月牙白的帕子，輕輕地、溫柔地幫雲淨舒把受傷的手背包了起來。

她包得是那麼細心、那麼認真，彷彿害怕弄疼他。她微低著頭，垂著彎彎而鬈翹的睫，挺挺的鼻尖和粉紅色的櫻唇，就在他手邊，那麼近距離的地方。

雲淨舒被她執住手掌，看著那張粉白如玉、粉裡透紅的小臉，心頭忍不住微微一緊。

這個世界上，也許有很多話，根本不必說出口。只是當她握住你的時候，你便已經知道那是一種什麼樣的感覺。

現在，在他那麼孤單，那麼失望，那麼看不清自己未來的時候，幸好上天垂憐，在他的身邊，還有一個她……

雲淨舒望著她，竟忍不住紅了眼圈。

言初七低著頭，為他細細地綁好手帕，抬起眼簾來，那麼堅定地望著他。

「每個人，都無法選擇自己的出世，但走下去的路，卻可以自己選擇。你要往哪裡走，路，在你自己手中。」

雲淨舒低頭，手中，是她那片溫暖而柔軟的帕子。

他忍不住握緊了自己的手掌，把那月牙色的紗帕，緊緊地嵌進自己的掌中。

是的，他沒有辦法選擇，沒有辦法拒絕，這是命運的折磨，命運的歷練。只是父親、母親、家人、雲門……從此之後，煙消雲散……他形單影隻，孤身一人……

雲淨舒咬住嘴唇，似有晶瑩的淚，盈在他星辰一般的眸子裡，那樣輕輕地蕩漾著，不肯滑落。

初七望著他那樣隱忍而苦痛的樣子，忍不住輕輕地伸出手，慢慢地抱住他。

雲淨舒一靠近那軟軟的身子，淡淡的馨香，溫暖的氣息，再也忍不住自己心內鎖住的那些苦

痛，涼涼的淚珠，就這樣在她的頸窩裡，一顆接一顆地滑落。

初七靜靜地站在那裡，任他緊緊地依靠著自己，低低地輕泣。

水音廊裡的圓月，明亮如銀。

遠處阿黃的狗洞裡，大白公子伏在地上，突然覺得全身冰冷。

望著那麼親切溫柔的畫面，幾乎可以讓人只羨鴛鴦不羨仙了，為什麼……為什麼……為什麼他卻連笑也笑不出來？

忽然間，有個聲音在他的耳邊唱道：「為什麼受傷的總是我？到底我是做錯了什麼，我的真情難道說你不懂～～嗷嗷～～」

原來是安狐狸。

白子非一下子就捂住牠的嘴巴。「該死的，你吵什麼吵？小心把他們吵到！」

「唔唔，仙人饒命！仙人饒命！」安狐狸立刻求饒，正經說道：「仙人，你有沒有想過，是不是該把仙丹拿回來了？」

白子非一怔。

是的，在煙州的時候，他就已經下定了決心，要早點把混世丹拿回來，那樣他就可以早點回去仙界，那麼言初七也就可以……大白公子忍不住朝著那相擁的兩人望去……他們也就可以雙宿雙飛，人間神眷……

可是，他在這裡留了十五年……真的拿走混世丹，就此離開……他的心……他的心為什麼忽然像是被挖空了一般？

安狐狸趴在那裡，看著白子非臉上變幻的表情。「仙人，你捨不得了，你捨不得離開初七小姐了。仙人，你完了，你這輩子都拿不回混世丹了！」狐狸伸長爪子，長長地伸了個懶腰。

白子非立刻瞪圓眼睛。「胡說！誰說我捨不得？誰說我拿不回來？你少在這裡胡說八道！」

「哈，你敢和我打賭嗎？七日之內，你要是拿不回混世丹，就把仙修心法教給我，怎麼樣？」安狐狸斜著眼睛睨看他。

白子非的心頭一跳。

七日？竟然只有……七日嗎？

可是，他怎能受這狐狸嘲笑？他可是神仙耶！

「好，我就跟你賭了！如果你贏了，我把仙修心法一、二卷全都教給你！」

「好，一言為定！君子一言駟馬難追的哦！」安狐狸計謀得逞，笑得眼睛鼻子都彎起來了，「不過仙人你可是要想好，人家現在不比以前，初七小姐除了那六個武功高強的哥哥，身邊還有一個劍法超群的未婚夫喲！仙人你要是GAME OVER的時候，一定要第一個告訴我，我一定會超快地跑過來，收拾你的仙器的！」

噹！白子非像是當頭被打了一棒，霎時才明白自己掉進安狐狸的陷阱裡了！

他要拿回混世丹，一定要和初七親親，而且還要在她願意的情況下，才能把仙丹給吸出來。

可是他都努力了十五年了，每次才剛剛想碰到她，就會有一大群人紛紛跳出來，更何況現在她的

身邊還有一個掛著未婚夫名頭的雲淨舒……那傢伙的劍法，他可是見識過的，要是自己跑到言家拉過初七就親親，那……那……雲淨舒一生氣，他豈不是……

大白公子猛然捂住自己的脖子。

「花狐狸，你回來！剛剛那個賭約不算，我們重來！」

「那怎麼行？仙人一語既出，駟馬難追！」安狐狸才不聽他那一套，轉身就跑。

「不行，你給我回來！我要修改！如果你不給我改，我就掐……」大白公子動作迅捷地轉過身，就朝那隻可惡的小狐狸猛然一掐！

大白公子得意洋洋的臉色，竟從一開始的陽光燦爛，慢慢地變成吃驚——恐怖——灰心——淚流滿面——

那雄赳赳氣昂昂地站在他面前、被他狠狠掐住脖子而全身汗毛都炸起倒立的，並不是銀毛安狐狸，竟然是——

行者阿黃！

「嗷——救命啊！」

蒼茫而銀色的月光下，再次響起一聲穿透夜空的狼嗥。

在安狐狸的提點下，白子非決定去找白四喜幫忙。

畢竟四喜能一下子泡到三個丫鬟，普天之下，放眼白府，還有誰比白四喜更會談戀愛，更會勾搭女孩子，更敢同時和三個女人交往啊？那絕對是男人之中的男人，強者之中的強者！

大白公子大踏步地跑去白四喜的偏房，還沒有走到呢，突然聽到裡面傳來一陣乒哩乓啷的響聲，接著傳來尖叫聲——

「白四喜，你去死！」

「白四喜，你不是人！」

「白四喜，我要殺了你！」

咚地一聲，偏房的房門就被人狠狠地撞開，已經披頭散髮、滿臉焦黑的四喜，趿著拖鞋就從屋子裡衝出來，那一臉的悲憤欲絕，那一臉的萬馬奔騰，就像活活被人鋪在人行道上，踩了七百八十九回一樣。

一看到院子裡白子非的影子，四喜立馬就淚流滿面地撲過來。「公子，救命！」

「啊，怎麼了？」白子非不解地看著他。

四喜一下子就扯住白子非的袍子，咻地一聲躲到他的身後。

接著，彷彿如同閃電般，屋子裡衝出了三隻母老虎，嗚哇嗚哇地咆哮著，把他們這兩隻小胖豬給團團圍起來，二話不說，舉拳就毆！

「打死你！打死你！你這個負心漢！」

「讓你出去勾三搭四，讓你不務正業！」

「給你吃喝讓你歡樂，居然還不死心！去死去死！」

尖叫聲一聲比一聲高，呼喝聲一聲比一聲厲！緊緊攥成一團的粉拳，根本沒有任何猶豫地就帶著呼呼的風聲，直直地落在白子非的身上、臉上！

啊呀！啊喲！哇呀呀！

大白公子一陣慘叫。

「是我，是我啊……」

「打的就是你！」小青老虎大叫。

「今天一定滅了你！」小藍老虎咆哮。

「白四喜，今天我要把你變成獅子頭！」小綠老虎怒火燃燒。

哐哐哐！咚咚咚！

白子非心裡暗想，完了完了，他怎麼那麼倒楣？這三個女人打架，居然把他給打到裡面了！嗚嗚嗚，他不是白四喜啊，他不想挨揍啊，他沒犯錯啊，為什麼他們一家子打架，要把他都給捎帶著？

「住手……」大白公子呻吟。

嘁哩哐啷，叮哩噹啷！

「住手哇……」

砰砰砰！

「住……呃……啊！」咚！哐！

白子非被打到耳邊嗡嗡作響，眼前金花亂飛，差點沒吐血身亡。

「公子！公子！你可不能死啊！公子！」四喜見大白公子被打到沒反應了，連忙又撲上他的身子，大力搖晃。

三個丫頭這才發現打錯人了，連忙住了手。

白子非嘴唇不停地抖啊抖。「你……你不要晃……不要壓我……我……我就不會……死！」

「啊，公子，對不起對不起！」四喜迭聲道歉，萬萬沒想到竟會拖累自家公子。

大白公子抬眼看到站在面前的言小青、言小綠、言小藍，氣不打一處來地伸手指……指指指……指她們的鼻子……

小青小藍小綠立刻覺得臉都綠了，連忙道歉：「對不起，白公子，奴婢剛剛沒有看到是您！您好好養傷吧，我們先走了！」

三個小丫頭居然一改剛剛母老虎的作風，咻地一聲完全消失光光。

大白公子氣得指著她們，連一個憤怒的字還沒有說出來呢，她們就全都跑了！於是大白公子只能指著她們的背影，喘……喘……繼續喘……

「好了，公子，我知道我家的小美眉們都很漂亮，你就不要戀戀不捨了。」白四喜伸手拉過白子非的手指。「你看，她們都害羞了。」

嘖！她們那叫害羞?!

「你閉嘴！」白子非終於狂吼出聲。「你家那還叫什麼小美眉？那明明是一群母老虎！我早就警告過你，總有一天她們會打起來的，可是沒想到啊沒想到……居然把我給打在裡面了！」

大白公子悲憤異常，他到底招誰惹誰了？居然把他給揍在裡面?!他實在是流年不利啊流年不利！

「噗哧！」四喜看著自家公子臉上黑一塊白一塊，變成小花狗的模樣，實在忍不住想要大笑。

結果換來大白公子狠狠地瞪他！瞪他瞪他瞪他！用眼神殺死他！凌遲他！虐待他！

白四喜立刻不敢再笑了，小小滴縮回地上，縮得越小越好，最好把自己變成和大地一樣平坦吧。

「哼！」大白公子鄙視地冷哼一聲。

白四喜知道公子沒那麼生氣了，連忙問道：「公子，你來找四喜有什麼事啊？」

「……」

白子非一下子哽住。

那個……這個……要他怎麼開口呢？要怎麼對四喜說，自己是來找他取泡妞經驗的？他可是公子，四喜是書僮啊，怎麼在男女問題上，他連個書僮也不如呢？

還是四喜體恤公子，很小聲地問：「公子……乃可是春宵寂寞，良夜苦短？」

「胡說！什麼春宵寂寞？我教你詩句不是在這裡亂用的！」白子非真是一坨黑線。

「那就是良夜苦短？」

「都不是！」白子非捶地，一咬牙。「我是來找你，討論一下泡妞的計劃！」

啊?!

白四喜愣住，好大一會兒才回過神來。

「啊！公子！」四喜狂撲過來，瘋狂地抱住白子非。「公子，你終於開竅了！知道愛情不能靠勾引，要靠努力爭取啊！公子！太好了太好了，你一定會成功的！我一定會全力幫助你，把初七小姐搶回來！你放心，雖然你武功打不過雲淨舒，可是你完全可以憑泡妞的魅力，戰勝雲淨舒！我會把我畢生的泡妞功力全部傳授給你，讓你變成江湖上一等一的泡妞高手！」

白四喜激動萬分，等了這麼久，他終於等到一個可以傳授自己偉大泡妞法的徒弟了！而且對象居然還是自家的公子，太好了，太讓人激動了！

白子非被四喜丸子晃得頭都暈了，飯都快要吐出來了。

「好，公子，今天我就把所有的經驗都傳授給你。從現在起，我所說的每一句話，都是經典之作，你一定要好好地記下來，並認真揣摩，另加小心實施。」他搖頭晃腦地站了起來。

大白公子一下子就從高高在上的公子哥，降級成了四喜的小跟班。

白四喜走到書房裡，把毛筆和宣紙塞進白子非的手裡，就開始大說特說：「所謂泡妞心法，要從幾個大的方面統一入手，絕對不能顧此失彼，抓了饅頭忘記包子。我們不能急著下手，要做好系統分析，詳細論證。

「首先，當你看到一個女人，就要觀察她、分析她，鑑定她的品性、屬性，按照她的喜好下

手，那麼必定百發百中，無一失誤。而這就牽扯到女人的分類，這女人的類型嘛，有很多種，比如長髮披肩的，眼睛大大的，一笑起來甜蜜蜜的，這種一看就是良家婦女純情型……」

白四喜的理論，如同滔滔江水，嘩啦啦地傾洩下來，直說得是口沫四濺，嘴唇翻飛。

大白公子拿著紙筆，記得頭昏腦脹，但是他對四喜丸子的敬仰之情，也如滔滔江水，連綿不絕……以下省略一千字……

從來不知道四喜丸子對女人是這麼有研究的，也從來不知道女人原來還有這麼多類型，更不知道泡妞的學問如此之深，大白公子決定把這紀錄好好地整理下來，將來拿回仙界去印成仙冊，也許能賣個十萬一百萬冊的。要知道，天上的神仙男多女少，個個都飢渴著呢！

「四喜老師，四喜老師！」大白公子一臉尊敬。「能不能請您幫我指點一二，我想在七天之內，儘快實施。只要能成功，我會請老師大塊吃肉，大碗喝酒。」

白四喜接過紙張一看——親親計劃。

「哈，這個簡單！」四喜老師大筆一揮。「給你三個錦囊妙計，保證不出三日，就把初七小姐親親到手！」

初七手裡捏了一張紙條，站在言家和白家的院牆下。

紙條是小綠交給她的，上面倒是白子非熟悉的字跡——請來後院柴房一敘。

這種紙條，她從小到大收了一百多張了，要說這大白公子還真的很沒情趣，每次約會都只在那個破破爛爛的柴房裡。

以前就有人指責過他了，在那種四面漏風，要氣氛沒氣氛，要浪漫沒浪漫的地方，怎麼能讓人家女孩子動心啊？可是大白公子就認定了，也許他覺得只有那柴房裡才沒有人打擾？

言初七忍不住微微地抿了抿嘴唇，淺淺地笑了。

小心地把字條收好，慢慢地繞過水音廊，朝著那間去了一百二十七次的柴房走去。

今天柴房裡竟沒有一燈如豆，當言初七走過去的時候，柴房裡竟然烏漆抹黑地，什麼也看不見。

難道被騙了嗎？白子非不在這裡？可手中的字條的確是他的筆跡啊。

初七轉了轉眼眸，悄悄地、慢慢地，伸出手去推開那扇早就已經搖搖欲墜的柴房房門。

吱呀——

忽然有一陣風，就從初七的身後吹了過來，竟把她面前一片淡黃色的薄紗給吹得微微飛揚……接著，突然唰地一聲，柴房裡燈光大亮！有一盞由銅鏡反射過來的燭光，直直照在柴房裡堆得最高的那堆柴火上。

一個翩翩欲飛、風流倜儻、玉樹臨風、靈秀飄逸的白衣男人，就那麼瀟灑而充滿神秘感地背對著她站著。

夜風拂起他如烏雲一般的秀髮，拂弄他純白色的衣角，他靜靜地站在那兒，卻像已經變成了一隻幾乎展翅欲飛的蝴蝶，就要飛向那充滿了幸福的天堂……

初七站在那裡，剛進門的她被嚇了一大跳。

因為這哪裡還是破破爛爛、四處漏風的柴房？竟然被人用很多紗緞細細的包裹裝飾過，原本破落的柴房裡，現在是紗縵輕舞，精緻動人，還有淡淡的薰香在爐內裊裊升起，四處閃閃的燭光，竟然也把這裡襯托得好像是世外桃源。

不知道白子非這次又想幹麼？

突然之間，鐺鐺鐺！哐哐哐！七哩七哩哐！

一陣震天動地的鑼鼓聲突然就響了起來，和著細細的戲劇調子，把初七給嚇了一跳。

這是搞什麼？難道不做詩人，改唱戲了？

初七小姐正皺著眉頭呢，那個高高站在柴火堆上的男人卻猛地轉身，身上純白的白袍立刻就蕩出一個動人的漣漪，然後他瞇著眼睛嘟著嘴巴，對著初七就大聲唱——

「啵一個，啵一個，啵一個，Mm，Mm！」

哧溜——

初七小姐腳下一滑，差點沒被嚇得跌坐在地上。

這……這這……這這這……這是搞什麼啊？白子非他……吃錯藥了還是忘記吃藥了？剛剛看他風度翩翩、白衫飄飄地站在柴火堆上，還以為他搞了什麼風流倜儻的造型，怎麼一轉過身來，頭上亂哄哄地頂著一頭稻草，眼睛上畫了個大大的黑眼圈，活像昨晚沒睡好的大熊貓，臉頰邊還畫了個十字，鼻子上戴了個牛鼻子環，最誇張的是——他的嘴巴居然搽上了很厚很厚的紅色胭脂，一邊對她唱歌，一邊對著她噘嘴。

「啵一個，啵一個，Mm，Mm！紅紅的太陽藍藍的天，綠綠的草原一望無邊，我那最可愛的人在眼前，要表的是蜜語和甜言……」（註六）

七哩七哩哐！叮哩叮哩當！

大白公子唱得那叫一個投入，臉上的表情變幻莫測，活像牛嘴巴的紅嘴唇不停地噘起來，收回去……噘起來，收回去……

啊，一定很辛苦吧。

初七皺著眉頭，這一次不是個性使然，讓她不想講話，現在的她從心底到腳底，完全是默默無語兩眼淚了。

偏偏大白公子看到初七小姐愣在那裡，還以為她已經被自己所感動。四喜丸子說的果然沒錯，女人只要看到男人傾情地為她一個人歌唱，那麼她就一定會被感動，一定會默默無語，一定會雙眼微濕，再接下來，他就可以跳到她的身邊，然後捧著她可愛的小臉蛋，接著……

白子非心花怒放地繼續賣力唱：「溜溜的青山淡淡的煙，渙渙的河水流向心田，妳那最心疼的人在眼前，要親滴是誰臉蛋上面……」

大白公子興奮極了，聲音越飆越高，然後激動的來一個最高音：「親愛的，啵一個，啵一個——」

註六：〈啵一個〉，主唱：花兒樂隊，詞／曲：大張偉。

咻——

不知道怎麼回事，在這麼深情的歌聲裡，突然從屋頂傳來一聲高空墜落的聲音，而且那聲音越來越快越來越強，越來越清晰！

於是白子非和初七都抬起頭來看——

咻——哐！

竟然有一顆蛋朝著白子非的方向飛快襲來，接著以流星般的速度，咻地一聲穿破柴房破舊的屋頂，最後哐地一聲，狠狠地砸在白子非的額頭上！

叭～～

蛋黃蛋白撲啦啦地流下來。

「哪個殺千刀的半夜亂嚎？殺豬也不看看時辰！」言家後牆外面傳來一聲憤怒的怒吼。

大白公子靜靜地站在那裡，臉上掛著寬麵條淚。

哦，不對，不是寬麵條淚，而是寬麵條雞蛋液。可憐吶，人家正在深情地對著美麗的美少女唱情歌啊，什麼叫半夜亂嚎？什麼叫殺豬不看時辰？難道他唱歌像殺豬嗎？難道他是豬嗎？

大白公子鬱悶死了，憤憤不平地低頭看著言初七。

初七小姐剛剛還皺著眉頭，現在反而抿著嘴兒，偷偷地笑了。

這下白公子更加鬱悶了。

是誰教他唱什麼情歌的？是誰對他說，只要深情就能勾引到女人的？是誰對他說，要把嘴唇畫得突出一點，初七小姐才會吻他的？是誰！那是誰！

「白——四——喜！」大白公子快要氣瘋了，爆怒地咆哮。

噼哩哐啷！叮哩噹啷！咻咻——哐哐——叭！

結果更多的暗器突然從天而降，爛番茄、爛白菜幫子、臭掉的胡蘿蔔，連長了毛的臭豆腐都紛紛地飛過來了！噼哩啪啦地從天而降，居然一個個準確無誤地全部砸到白子非的頭上！

「剛剛都說了，不許半夜殺豬！現在怎麼把牛都牽出來了！」

邦邦邦！

白子非直接被砸倒在高高的柴火堆上，身上的爛菜葉子臭雞蛋已經把他完全淹沒了。

初七再也忍不住，捂著嘴兒偷偷地笑了。「咳，沒有別的事我就先走了，你慢慢唱，我不會怕你吵的。」

美麗的初七小姐說完，就笑咪咪地轉身，離開裝飾浪漫的柴房。

一隻抖抖索索的手，從白菜堆裡勉強地伸出來，朝著初七小姐離去的方向戰慄著。「美麗的初七，別走……別……我親愛的人兒……我們來啵……啵一個……Mm……啊！」

咚！

可憐的大白公子，直接頭朝下的從柴火堆上跌下來。

這樣的悲劇，到底是誰造成的，到底是誰！

第十章　激吻猛藥

月夜下，言家一二三四五六七外加言大老爺和雲淨舒，正在議事廳裡喝茶。

坐在言大老爺身邊的言初七，卻不知為何捧著杯子抿著嘴兒微笑，又不知道想到什麼好笑的事情，竟然「哧」地一聲笑出聲來，連手裡的杯子都差點要掉到地上去了。

「初七，妳怎麼回事？茶不言食不語，妳怎麼連這點規矩都不懂了？」言大老爺皺起眉頭。

初七抿著嘴兒笑，她實在是有些忍不住，一想起前幾日在柴房裡發生的事情，她就快要笑到肚子痛了。可憐的大白公子啊，雖然她知道他是想要弄一個好氣氛出來，但是每每總是弄巧成拙，真真讓她笑死了。

看她還在笑，言大老爺不由得有些生氣。

正在此時，言小綠突然走到初七的身邊，偷偷地拉一下她的衣角。

初七抬頭，小綠便對她擠擠眼睛。

初七心領神會，便立刻站起身來。

言大老爺忙道：「女兒，妳又要去哪？今天我們一家團圓賞花賞月賞親人，妳不可以隨便離去！」

言小綠往前走了一步。「花好月又圓。」

言小青連忙接口：「全家慶團圓。」
言小藍立刻說：「久坐太沈悶。」
言初七用烏溜溜的眼睛掃了在座的所有人一眼。「透氣。」
言大老爺手裡的酒杯差點沒丟出去，三句半啊三句半！我的乖女兒，妳什麼都不學，咋就學會這麼一溜三句半呢？妳還總是當壓句的那一個！
初七抓到機會，大步地離開宴席。
「白公子說今天在水音廊等妳。」一走出議事廳，小綠立刻給了初七一句暗語。
水音廊？今天不知道他又會搞什麼花樣？上一次把柴房弄成那個樣子，不知道他今天又偷跑來她家裡，是想做什麼？
初七邊想邊朝著水音廊急匆匆走去。
一向亮堂堂的水音廊下，今天偏偏只點了一盞燈籠。昏黃的光線照耀著長長的水音廊，映著廊邊那波光粼粼的水面，倒是有種很曖昧、很浪漫的氣氛。
怎麼，今天又要唱情歌嗎？
初七忍著笑，慢慢地走過去。
才剛剛走沒兩步，突然看到大白公子就在前方不遠處的地方。
今天他雖然依舊穿著風度翩翩的白衫，但是與那日表演時的玉樹臨風卻已經截然不同。
他穿在身上的白衫居然是半透明的，閃閃燭光下，依稀勾勒出他白皙的肌膚，還算健康的線條，甚至還將誘人的大腿露在衫外，在夜晚的微風下，真是說不出的性感。

初七半捂住自己的嘴唇。今天看來好像換了花樣，從深情表白改成捨身色誘了？

水音廊下，水光粼粼，月色如同皎潔的銀盤般，靜靜地照耀著大地，晚風中，有著淡淡的香氣依嫋地傳來，似乎已經是浪漫到極致的氣氛。

言初七眨著水靈靈的大眼睛，臉上飛起一抹紅暈，靜靜地望著面前的白子非。

大白公子也靜靜地望著她。

烏溜溜的眸子裡，幾乎要倒映出天邊的星光，那麼隱隱的、閃閃的，晶瑩如星。

「初七……」他壓低了聲音，那麼沙啞而性感地呼喚她。「這麼浪漫的氣氛，難道妳不想……做點什麼嗎？」

大白公子伸出手臂去，那依嫋的薄紗立刻從他的手臂上滑落，露出那麼纖細而細嫩的肌膚來。他悄悄地靠近她，令夜風輕輕地吹起他薄薄的紗袍一角，連纖細修長的腿形也微微地露了出來……

白子非控制著自己的情緒，保持著玉樹臨風般的表情，悄悄地湊到言初七的面前，微微地彎下腰，用自己那雙漆亮的星眸，靜靜地望著她。

初七的心，不知為何突然怦怦地跳了兩下。

這些年來，她不是沒有和他如此靠近過，更不是沒有這麼近距離地看過他俊秀的臉龐；其實白子非除了惡搞的時候，真的很好看！比起雲淨舒的英挺，他的臉孔上則更多了一分清秀，一分

優雅，一分純情和真摯。

初七很喜歡看著他的眼睛，因為她的個性並不愛多講話，反而更喜歡從人的眼睛裡，望出更多的東西來。

白子非的眸，無論何時何地，都是那樣漆亮而烏黑的，瞳眸中總有很多很多她看不清楚的東西，那麼晶亮地閃爍著。她忽然很想一直這樣望著他，直到把他眸中的那些秘密，都看個清晰……

只是這一次，他好像靠得太近了……近得他的呼吸都拂在她的臉上，近得他的氣息都完全的把她籠罩……

突然初七小姐的眼睛裡，驀地一亮！

「啊，我知道了！」

咕咚！

白子非差點沒一頭跌倒在地板上。

初七小姐雙眸亮晶晶地說：「我知道了，白公子，其實你喜歡的不是雲公子。」

蒼天開眼啊！終於把這個小妞給扳回來了。白子非差點涕淚交流。

「你喜歡的其實是……」初七小姐對著他眨巴眨巴水汪汪的大眼睛。「你喜歡四喜。」

咚！咣咣咣！

大白公子直接滾到地上，額頭大力地磕在石板地上。剛剛還以為美麗的初七小姐終於拋開了閃閃發亮的腐女星，回到正常男女的世界了，可是誰知道下一秒，她卻給了他更沈重，更痛苦，簡直可以一箭穿心的打擊！

他看上白四喜?!他喜歡四喜丸子?!讓他死了算了！

初七小姐看到他跌在地上，那麼痛不欲生的模樣，還很體貼地拍拍他的肩。「其實我早就應該想到了，你那麼排斥雲公子，一定是心裡有喜歡的人了，而四喜成天都跟在你身邊……白公子，你好可憐啊，居然喜歡自己的書僮，那是禁忌的愛戀啊。你和雲公子，我還能幫你們，你和四喜，我就只能祝福了。」

難得大小姐那麼賞賜地說了一大通話，臨走前還同情地望著他。「努力爭取吧，四喜身邊有那麼多女人，希望你能搶得過她們，我會為你祝福的。加油！」

啊啊啊——啊啊啊啊啊——

大白公子被初七大人雷得風中凌亂，滾過去，滾回來，死過去又活過來……

天啊天啊，哪個神仙快把這個女人領走吧，他實在是受不了了！她腦子裡不知是缺根弦，還是被腐女星多加了一根弦，她到底是怎麼胡思亂想的？居然能把他和白四喜配成對?!

就算全天下的男人和女人全都死光了，他也絕不會看上白四喜的！如果這個世界上沒有任何一個人可以選擇的時候，他情願和行者阿黃也不要和四喜丸子在一起！他不想變成白丸子，他不想成為一道菜啊！

大白公子已經完全被初七小姐打敗了，看著初七小姐以輕快腳步離去的背影，他真是痛苦又

鬱悶啊。

東施施牽著阿黃。

這是四喜繼上次失敗之後，為大白公子下的猛藥。

白子非半蹲在地上，怎麼也看不明白這怎麼會是所謂的猛藥？不就一個蓋了半張臉的女人，和一條整天咬他屁屁的狗嗎？他們組合在一起，有什麼超級猛的？

「公子，你放心，這一次絕對將初七小姐手到擒來，刺激得她哇哇叫。」白四喜胸有成竹。

白子非一巴掌就朝他拍過去。「誰要你把初七弄得哇哇叫？我只不過是想偷吻她一下而已。」

四喜眼睛瞇瞇。「嘻嘻，公子，你好色。」

「滾蛋！」大白公子青筋直跳。「我有你色嗎？一個破書僮，居然敢收三個老婆。」

「嘻嘻，」四喜眉開眼笑。「公子，我可以理解為你在嫉妒我嗎？」

白子非真是快被他搞暈了。「少廢話，有什麼辦法快說。這東施施和阿黃，就能把初七搞定嗎？她可是武林高手。」

四喜跑到白子非的身邊蹲下。「再怎麼厲害的武林高手，首先也有個前提，她是個女人吶！是女人就會有害怕和嫉妒的那顆心，所以我們先讓東施施出馬，以她的絕色美貌和對公子的深情，讓初七小姐嫉妒，進而生氣。然後再放出阿黃來，初七小姐一生氣一害怕，就會咻地一下跳到公子的懷裡來。那時公子只要擺出英雄救美的架勢，把初七小姐一抱，初七小姐由生氣變感激，然後變成傾慕，接下來，是親是吻是摟是抱……嘿嘿，全看公子的喜歡啦！」

四喜說得熱鬧，白子非也在腦子裡想像著那個畫面。

當初七跳到他身邊的時候，他要伸長手臂很有氣質地把她一抱，然後雄赳赳地說：「初七，我來保護妳！」

初七一定羞得臉蛋緋紅，對著他眨巴眨巴漂亮的大眼睛，然後抿著嘴兒甜蜜一笑。

於是他就低下頭來——齊活（註七）了！

「好！」大白公子一拍大腿。「就這麼決定了！」

今天是言家鏢局祭奠祖師爺的大日子，一大早就早早擺好了香案，燃起了供香，只等午時吉辰一到，全家人就會出來叩拜祖師爺。

這一向是言家的重大節日，也是姑蘇城裡百姓們的喜慶日子，因為言家不僅會在禮拜結束之後，廣布米糧，還會有不少餘錢向大家拋灑，因此只要言家舉行活動，那肯定是被圍得人山人海，萬人空巷。

白子非領著東施施才走出門，就被嚇了一大跳。

這叫一個人潮洶湧，人山人海，簡直比初七小姐比武招親的時候還要熱鬧呢！人人都踮著腳

註七：齊活是北方方言，搞定、解決之意。

翹首以待，臉上還帶著熱情洋溢的笑容，興高采烈地議論著——

「今天言家會布什麼菜啊？會不會有紅燒肉啊？」

「紅燒肉算什麼，起碼是整隻烤乳豬！去年就布了很多隻烤鴨呢！」

「哇，烤乳豬啊！太好了太好了，快把碗洗洗乾淨！」

一群人擠在那裡，興奮得不得了。

白子非有些不滿，這言家就愛搞些譁眾取寵的東西，哪像他，飽讀詩書而氣質非常，那些小姑娘一看到他，就會熱情如火的撲過來呢！

「啊——來了來了！好帥喲！」

看看，撲過來了吧。

大白公子正在享受眾人的簇擁，身邊的東施施突然推了他一把。「公子，你閉著眼睛在想什麼呢？人家在歡呼那雲公子出現了呢。」

啊？在歡呼雲淨舒?!

白子非錯愕地抬頭，果然看到言大老爺帶著初一到初七，外加雲淨舒，笑咪咪地從言府裡走出來。

一幫小姑娘一看到身穿黑衣滾金繡，眉間朱砂一抹紅的雲淨舒，立刻揮著手裡的紅手帕，瘋了似地朝那邊喊——

「雲公子，你好帥！你是我的夢中情人！」

「雲公子，你大破唐門，真是江湖中的絕色！」

「雲公子，我愛你！我要娶你！」

白子非大受打擊。

不行，今天他一定要一正視聽，讓所有人看看，他白子非才是這姑蘇城內最受歡迎的人！

「走，我們去顯擺一下！」白子非伸手拉住東施施，一路擠到人群的最前面去。

言家的人正站在香案後方，一字排開的準備行禮。

白子非深吸了一口氣，拉著風情萬種的東施施就呼隆隆地跑過去。

旁邊的唱官突然唱道：「一禮，拜天拜地拜祖師！」

呼啦——言家的人竟然全都低下頭去。

大白公子嘩啦啦地從香案前跑過去，竟然沒有一個人看到他。

該死的，這唱官唱得真不是時候！

白子非屏氣凝神，握住東施施的手，準備再一次在所有人的面前出現。

他抬腿就跑。

唱官居然又在唱：「二禮，拜帝拜官拜雙親！」

言家的人又再一次全部低下頭去。

白公子呼隆隆地跑過去，結果又是跑了一個空！

喵滴，氣死了，這唱官存心和他過不去是嗎？他只要一抬腿，唱官就唱，那些人就一起行禮，根本看不到他的存在！

大白公子有些憤怒了，對著唱官就比了一個鄙視的手勢。

唱官大人絲毫也不怕他，竟然狠狠地翻了一個白眼丟回去給他！

噢，ＮＮＤ！大白公子鬱悶得幾乎快要吐血。不過還好，現在他不唱禮，他們剛好可以跑過去。

大白公子才一抬腿，準備在香案前來個轟轟烈烈的現身，讓初七小姐好好看看，他大白公子可要移情別戀了，看她到底要不要回到他的身邊來！

抱著必勝的決心，大白公子抬腿就要衝，突然不知道是誰喊了一聲：

「烤乳豬來了！」

轟隆隆——

這一次，竟然全部的人群都朝著他身後湧過來，大白公子還來不及反應，就被一大群女人們完完全全地踩在腳下！

啪唧！

哪個女人的大腳，一腳踩在大白公子的臉上！

「啊……救……命……哇……」

他堂堂大白公子居然比不過一隻烤乳豬的魅力，這教他情何以堪？那些女人以前不都圍在他身邊的嗎？現在居然全都倒戈跑去雲淨舒那裡了……他鬱悶啊！

嘩啦嘩啦，身邊還口水長流。

「喂，別流了！」白子非氣憤不已。「妳那麼喜歡烤乳豬，就去搶算了，別把口水流在我的身上！」

旁邊的女人立刻捂住自己的嘴巴。「人家喜歡的不是乳豬，人家喜歡的是你這隻笨豬！」

啊？笨豬？

大白公子抬起頭來，就見東施施豪氣千雲地摘下臉上的面紗，伸手就一把箍住白子非！

白子非頓時驚悚異常！

媽呀，這……這……真是四喜丸子說的絕色容貌?!絕色毀人的容貌還差不多！完全就是一張大餅臉，臉上有一對水汪汪的小眼睛，一片像鍋底灰似的麻麻點，再配上一張紅得像猩猩屁屁的大嘴巴，正朝著他嘟起嘴……

媽呀，救命呀！就這樣的東施施，別說初七不會嫉妒了，恐怕初七連看也不會看他一眼！最後生氣的會是他！是他啊！

大白公子從地上爬起來，準備轉身就跑，結果卻被東施施一把勒住胳膊。「豬公子，你別走嘛，人家真的太喜歡你了，好想和你鐺鐺鐺！」

豬公子？

鐺鐺鐺？

白子非滿臉黑線。「我姓白，不姓豬好不好？還有鐺鐺鐺是什麼？我可不會敲鑼鼓……」

大白公子連話都還沒說完呢，突然聽到從街邊傳來一陣鐺鐺鐺的鑼鼓聲，他正詫異著什麼人配合得這麼好，突然覺得胳膊上一陣劇痛，連掙脫的機會都沒有，整個人全身呼地一下子離開了地面，咻地一聲就被扔了出去！

白子非滿臉冷汗，第一次覺得自己的身體都不受自己控制了！

喵滴，這是個女人嗎？居然能把男人整個拖起來，再咻地一下子丟出去，然後再呼地一下子收回來——

「啊——」大白公子慘叫。

東施施淫笑，口水都快要噴到他的臉上。

然後又一次把他丟出去，收回來……丟出去，收回來！鐺鐺鐺！哐哐哐！鑼鼓聲急，而大白公子也就在空中不停地被甩出去，收回來，丟出去，拖回來！

所有人都被驚呆了，就連手中的烤乳豬掉在地上了，也沒人發覺。大家都目瞪口呆地看著這一對「鐺鐺鐺」。

這舞步還真是新奇呢！只是……為什麼是男人在空中被甩來甩去，而女人反而站在地上，笑得那麼嬌滴滴……好……好恐怖~~

「啊——啊——救命啊！」

大白公子已經被甩暈了，眼前直冒金星，頭暈口乾還想吐！眼前的人已經完全混亂成一片，他一個人也看不清楚，更別說要找到初七的位置！

他是來找初七親親的，不是來跳舞的！鐺鐺鐺你個頭啊！

「停下！快停下！東施施，我命令妳停下！」大白公子咆哮出聲。

東施施被罵，也不敢忤逆他，居然很聽話地就猛然放手——

咻——

失去支撐的大白公子立刻拉著火星尾巴，咻地一聲飛了出去！

哐噹！

重重地砸在那邊的牆角處，噹地一聲摔成了口吐白沫！

「哈哈哈哈！」

眾人立刻笑成了一團，大家連烤乳豬都忘記搶了，都被大白公子的搞笑劇給完全吸引。

言家的大老爺已經笑得拍大腿，他身後的幾個兒子也笑成了一團，雲淨舒站在一邊，微微地皺著眉頭，但還是微勾了一下唇角。

很好，很好，這次白子非終於達到吸引所有人目光的目的了，可是能不能不要用這麼慘的辦法？他的屁屁真的摔得很痛哇！

「你怎麼樣？還好嗎？」

忽然，耳邊竟傳來一聲輕儂軟語的溫暖問候。

大白公子瞇著眼睛抬起頭來，哇哈哈！哇哈哈呀，哇哈哈，一直想要吸引初七的注意，都沒

有辦到，哪知道現在他摔在牆角，她竟然自動跑到他身邊來了，還一臉關切地看著他，那麼體貼溫暖地問候著他！

「先起來吧。」初七伸手去拉他。

大白公子連忙抓住初七的手。

站在遠處的雲淨舒立刻眉心一蹙。

一直跟著白子非的白四喜也看到了這個動作，連忙大喊一聲：「好機會，快放阿黃！」

難得白子非和初七靠得那麼近，只要行者阿黃撲到初七小姐的身上，小姐就會大叫一聲，然後跳進公子的懷裡，然後公子一低頭，就可以——哦呵呵呵，多麼完美的計劃呀！

四喜簡直想要拍著大腿表揚自己了。

行者阿黃也非常爭氣，朝著白子非和初七的方向就飛快地竄了過去！

成功了！成功了！公子就要在所有人的面前成功了！

可是等等！阿黃等等！

四喜的尖叫梗在喉嚨裡，就快要衝出來。

阿黃你要撲過去的是初七小姐，不是我家公子啊！阿黃啊！你搞錯啦……阿黃！

「啊……啊……啊!!」

白子非的慘叫，慘絕人寰！

這個白四喜，給他下的是哪門子猛藥？別說親親初七了，他自己都快要被阿黃親親死了！現在是眼前冒金星，頭頂冒冷汗，胳膊在抽筋，屁股流血汗……怎麼一個慘字了得！

白子非疼得整個人往旁邊一彈，咻地一聲飛向人群最旁邊的那個人……那人忽然回過頭來，百媚眾生地對著他嬌嗔一媚笑。

眼看東施施對著他噘起了嘴巴，那塗得像是猴子屁股的大嘴巴，讓大白公子幾乎連魂都嚇飛了！

「不要啊！不要啊！不要啊！」白子非一通慘叫。

咻——嗵！

可白子非都還沒摔到地上呢，突然聽到有人跌倒的聲音！

雲淨舒立時驚呼出聲：「初七！」

眾人大吃一驚，紛紛把視線又拉回到言家小姐這邊，這一眼可讓所有人都倒抽了一口涼氣。

向來武功蓋世，身體很好，連個小感冒都很少鬧的言初七小姐，竟然猛地跌倒了，而且不像是不小心絆倒什麼的，竟是緊緊地閉著眼睛，就像忽然昏倒了一般！倘若不是雲淨舒眼疾手快地抱住她，或許她早就摔得頭破血流，人事不知了。

「初七！我的寶貝金瓜女兒！」言大老爺也顧不得看好戲了，立刻朝著自己的女兒衝過來。言初一、初二、初三、初四、初五和初六也立刻奔過來，頓時就把雲淨舒和言初七團團圍了起來。

「妹妹！」

「初七！」

「寶貝妹妹，妳怎麼了？快醒醒啊！」

「妹妹，妳別嚇唬哥哥，快張開眼睛！」

「妹妹！」

「醒醒！」

幾個男人急切地呼喚著。

也許平日裡他們是愛開玩笑，想把妹妹推給雲淨舒，可她畢竟是他們從小到大一路從手心兒裡捧著長大的，一看到初七人事不知的昏倒，他們頓時全都緊張了起來。

白子非狠狠地跌在地板上，屁股差點要摔成八瓣。

可是這會兒，白子非已經顧不上自己那個飽受折磨的屁屁，他在看到初七霎時失去意識暈倒的那刻，心裡頓時有種不妙的感覺。

總不會——

第十一章　初七有難

「嘶——咦——哦——噢——」花白鬍子的大先生，一手掐著言初七的手腕，一手捋著自己的鬍子，嘴巴裡發出一長串異於常人的聲音。

言家的七個男人和雲淨舒一字排開，等了老半天，這個老郎中還是一邊把脈一邊發出異聲，沒說半句話。

言初三站在旁邊已經沈不住氣了，伸手指著老郎中。「喂，大先生，你會不會看病？不會的話少在這裡雞雞哦哦的，知道的曉得您在這裡給我妹看病，不知道的還以為您屁股下面坐了顆雞蛋呢！」

言初二和言初四頓時就噗哧一聲笑出來。

初五初六冷著臉，一直保持著自己的冷酷表情，言初一則是木訥老實，根本沒有聽明白初三在講什麼。言大老爺差點也被這三兒子弄得破了功，但還是裝裝樣子地板起臉來。「初三，不得無禮！大先生可是我們從百醫堂請來的高人呢！」

「啊？什麼？」老郎中年紀大了，耳朵已經不中用了。「你要請我吃雞蛋？不用了不用了，弄兩顆水煮的給我老朽包包就行了，老朽家裡有兩頭豬還餓著呢。」

言家男人差點沒集體暈倒！

老郎中您家養的是金豬啊？居然都要吃雞蛋過活了?!

「先生，雞蛋的事情不急，您先看看小女吧，小女到底怎麼樣？」言大老爺有些心急地扶住老郎中。

老郎中摸摸初七的手腕，又摸摸自己的鬍子，若有所思地點點頭，好像很是胸有成竹的模樣。「大小姐的病啊……」

眾人連忙豎起耳朵。

「嗯，老朽看不出哇。」老郎中好坦白、好真誠、好慢悠悠地回答。

咣噹！

一眾男人全都倒地不起，這老郎中還真是老神在在，明明什麼都看不出，居然能說得這麼坦然、這麼不慌不忙的模樣。

唯一還健在的雲淨舒蹙起眉頭。「她的脈象如何？」

老郎中還是不慌不忙地開口：「大小姐脈象穩定，呼吸穩定，只是血象很是奇怪，好像四肢的血液全都被吸出去一樣，一直朝著身體的某一個部分流過去，所以手腳漸漸有些冰冷。老朽從醫九十年，都沒有見過這樣的病症，大小姐實乃奇人也。」

手腳冰冷？

雲淨舒忍不住微彎下身子，輕觸了一下她的手腕。

果然，一向那麼溫潤動人的言初七，手腕竟如冰塊般冰冷，平日裡白裡透紅的肌膚，竟也微微地顯得蒼白泛青。

雲淨舒忽然想起他那些受難的日子，她坐在他的身邊、輕握住他手的模樣，心裡忍不住一酸。

「有何診治之法？」雲淨舒的聲音有些低低的。

老郎中搖搖頭。「老朽無能為力，既不能診出大小姐此症之病源，自不敢隨便用藥。公子還是另請高明，務必為大小姐診明病因，才能對症下藥。」

雲淨舒蹙起眉頭。

一眾跌倒的言家男人立刻爬起來，言大老爺已經傷心得淚流滿面。「連您都沒有辦法嗎？小女真的得了如此嚴重的病症嗎？請您想想辦法，救救我家寶貝女兒吧。」

老郎中站起身來，一邊收拾著自己的小診箱，一邊撫著花白鬍子。「言大老爺，老朽是真的無計可施。老朽行醫幾十年，從未見過這種病症，還請言大老爺早早另請高明吧。啊對了，那個誰誰誰啊，你剛剛不是說要給我雞蛋的嗎？快拿來放在老朽包包裡。」

老郎中竟然準確無比地逮到剛剛從地上爬起來的言初三，那個翹著蘭花指的妖媚男人頓時又昏倒在地。

「喂，你別昏啊，老朽的雞蛋呢？」老先生還鍥而不捨地追討。

言大老爺在旁邊看不下去，只好吩咐道：「初一，你帶先生到廚房裡拿上二十個雞蛋，再送先生出門。」

「是。」老實的言初一連忙接過初三惹下的爛攤子，帶著花白鬍子的老郎中走出門去。

房間裡頓時沈寂下來，幾個男人大眼瞪小眼地站著，都不知道該怎麼辦才好。

門口傳來小聲的哭泣，言小綠抱著言小青，兩個丫鬟哭成了一團。

言初三掙扎起身。「別哭了，好煩。現在該怎麼辦？妹妹怎會生了這怪病？剛剛不還好好地站著嗎？怎麼突然間就暈倒在地，人事不知？小雲，你剛剛看清楚沒有？」

雲淨舒坐在言初七的旁邊，眉頭幾乎要擰成一個疙瘩。

「初七是剎那間昏倒的，至於為什麼，我也不知道。她倒下時，連眼睛都沒有張開，一個字也沒有說。」

「怎麼會這樣呢？初七平時身體比我們都好呢！」初二也擔心地看著妹妹。

「自小到大，她藥都沒吃過幾碗，怎麼會突然昏倒？」初四也很憂傷。「莫不會中了什麼邪吧？」

言大老爺正悲痛欲絕。「你們少在這裡亂說！我寶貝女兒怎會有事？你們在江湖上也算是有名有臉的，快想想辦法，看哪裡有什麼神醫，可以救救我的金瓜寶貝。」

門外突然傳來言小藍的聲音：「不行啊，白公子，幾位公子不讓你進去的。」

「走開！」白子非的聲音冷冷地傳過來。

「真的不行，公子。我要是讓你進去看小姐，我家幾位公子爺會把小藍抽成小紅的！」言小藍看起來很為難。

「我讓妳、走、開！」白子非的聲音卻一點也不似往常那樣，聽起來甚至有那麼一點霸道而強勢的氣勢。

「公子！」

「走開！」

隨著最後一句強勢的怒吼，門簾已經被嘩地一聲挑起來，言家最不受歡迎的大白公子白子非，已經踏進了言初七的閨房。

言家眾位公子一看到白子非闖進來，立刻自動排成一排，咻地一聲把心愛的妹妹擋在後面。不過今天白子非的表情卻不同以往，平日裡總是笑嘻嘻的臉龐上，竟沒有一絲笑容，而且他並不害怕言家眾兄弟排起的人牆，只是專注地把目光投向躺在臥榻上的言初七。

「喂，大白，你還是別來湊熱鬧了。」初二勸他。

「我家妹妹正生病呢，沒空陪你跳舞啊。」初三捂著嘴笑。「你還是和東施施去跳吧。」

「白公子，今天言家真的有事，你還是早回白府吧。」初四的表情也很嚴肅。

白子非站在那裡，面對著言家眾人，臉上卻沒有一絲和他們嬉笑的表情，那清秀的瞳眸裡，甚至還有一分鄭重和凌厲。「我要看看初七。」

「別鬧了，快回……」

「讓我看看初七！」白子非不等他們說完，立刻大吼出聲。

眾人均被嚇了一大跳，和白府相鄰這麼多年，他們從未見過大白生氣，這樣的怒吼更是從來

都沒有聽過。

雲淨舒從後面站起身來，冷冷地望著白子非。

白子非也同樣站在那裡，冷冷地朝他回望過去。

這兩個男人的交手，一向都是大白慘敗，可是這會兒，白子非的眼神竟比雲淨舒還要淩厲，那閃閃爍爍的光芒，竟比天邊的星子還要銼亮。

雲淨舒望著他。「你看她有何用？能救她嗎？」

白子非一步不讓。「當初我怎麼救下你，便一樣可以救下她！」

雲淨舒心頭一震。

「各位，就讓他看看初七吧。」

言家幾兄弟頓時都吃了一驚。

初七是雲淨舒的未婚妻耶，這個白子非又一直擺明了在跟他作對，這雲公子竟不怕被白子非搶走了初七，居然也和當初的初七一樣，相信起這大白公子來？但現在既然雲淨舒都開口了——

幾人微微退開，白子非終於可以清楚地看到躺在雕花大床上的言初七。

一直是那麼健康的初七，一直是那麼粉嫩嫩的初七，雖然因為個性使然，她的話語總是很少很少的，但是那一抹掛在唇邊的淺淺微笑，卻總是那樣的清澈動人。

他一直忘不了，第一次見到初七時，那雙清澈如溪般的大眼睛，一直到現在都沒有改變過，永遠都是那麼晶瑩，那麼純澈。

可是初七，妳為什麼躺在那裡一動也不動？為什麼緊緊地閉著眼睛？為什麼白裡透紅的臉蛋都變得蒼白，連粉嫩嫩的紅唇都泛成青紫的顏色？

「初七！」白子非撲過去，想要捉住她的手，可她手指間的冰冷，卻把他嚇了一大跳。

怎麼會這樣？怎麼會這樣冰冷？昔日裡那暖暖的手指，如今卻像冰塊似地凍人，那肌膚是那樣的蒼白，彷彿……彷彿她真的死去了一般。

白子非心神大亂，看著人事不知的初七，他的腦中一片混亂，幾乎什麼都不能思考了。

只是怔怔地、呆呆地執著她那隻冰冷的手，彷彿覺得她將要離他漸漸遠去……

不，初七！妳不能死！絕不能死！

雲淨舒看到他怔在那裡，忍不住拍他一下。「如何？」

白子非聽到雲淨舒的聲音，才猛然回過神來。

是啊，怎麼會這樣？初七一向身體好得很，怎麼會突然暈倒在地，不醒人事？難道是有什麼舊疾，還是有什麼新傷？

可是，這不可能呀！以初七的武功，沒有人可以動得了她，若是下毒的話，又怎會只有她一個人倒下？那麼……難道是混世丹?!

這個想法讓白子非猛然嚇了一跳。

他連忙按住初七的手脈。

脈象清晰，卻跳動微弱，而且血管裡的血流似乎越來越弱，越來越少，好像全身的血液都被

某一個部位瞬間吸走了一樣……

真的是混世丹嗎？不可能的，混世丹不會有這樣的功力，即使是被普通人吃下消化，也只可能脫胎換骨，羽化成仙，會受一定的皮肉之苦，但絕對不會吸附別人的血液！

這種把全身的血都集在某一處的極端表現，反而像是一種他曾經聽說過的妖術。可是，初七的身邊並沒有妖氣啊，他一直在她的身邊，倘若有妖靈近她的身，他一定會知道的！

這到底是怎麼回事？初七的血……

白子非半低下頭，忽然覺得她全身的血都直朝著她右側的腋下聚集而去……白子非心頭一驚，完全沒有時間顧忌什麼，伸手就撕開初七腋下的衣衫！

嘶——

眾人大吃一驚！誰都沒有想到，前來探望初七的大白公子竟會撕破初七的衣衫！

雲淨舒的劍已經飛快地拔起。「大膽狂徒，怎可這樣毀壞初七小姐的清譽！」

憤怒的雲淨舒覺得自己真是瞎了眼了，居然會相信這個傢伙可以救得了初七？要不是他剛才同意讓白子非進來，這傢伙也沒機會這樣大剌剌地撕破初七的衣衫。

言家眾男也憤怒了，初五初六看到妹妹在自己眼皮底下被人這樣生生地欺負，不發一言地一個箭步衝上來！

言大老爺也生氣地用手指指著白子非。「你你你你！你存心想要害死我女兒是不是？她還要嫁給雲公子呢，你怎麼……怎麼能就這樣撕破她的衣衫？你真是氣死我了！你存心想讓我氣死，對不對？」

言初二連忙跑過來扶著父親。

可是眼前的大白公子，卻已經完全把面前的這些人拋在腦後，他冒著被雲淨舒狂砍，被初五初六一起扔出去的危險，急切地察看言初七半露在外的肌膚。

「你還敢看！」雲淨舒惱怒，一邊伸手去遮初七，一邊抬劍就朝白子非的面門掃過來！

呼——

劍尖近在咫尺，可是大白公子卻一反常態，別說害怕，連眼睛眨都沒有眨，搶時間似地仔細看著初七的身體。

終於，在她的腋下，他發現一個很小很小的淡紅色針孔，那細小得如同被螞蟻咬了一口的小傷口，卻讓白子非如同兜頭澆了一盆涼水，全身上下都寒透。

言家眾兄弟正想抓過大白公子把他痛扁一頓的時候，他卻突然站了起來，轉身就走。

眾人一下子抓了個空，頓時都呆怔在原地。

白子非一路狂奔回白府，四喜正站在房門口發呆，一看到自家公子回來，立刻開口道：「公子，剛剛四喜真的不是故意的，我明明和阿黃說了，要牠去找初七小姐……」

「少廢話，快點幫我收拾行裝，我要出遠門。」白子非居然連打罵他的心情也沒有，看都不看四喜一眼，直接衝進自己的房中。

四喜連忙跟過來。「公子，你要出遠門？去哪裡呀？老爺去瓜州臨任，就快要回來了，夫人叮囑這兩天所有人不得外出呢。」

「快收拾衣物！」白子非頭也不回，兀自將一堆書墨紙硯全都掃進包袱裡，順手還抽了一只小錦袋，塞進袖子裡，然後呼啦啦地衝進書房，拎起桌上的狐狸籠子，也包了起來。

安狐狸正在籠子裡睡覺，忽地被猛然一晃，差點要一頭撞在籠壁上。

牠眨巴著眼睛，發現自己又被塞了起來，剛想問一句呢，忽然聽到四喜也在旁邊，便乖乖閉上嘴。

四喜拉住白子非。「公子，您沒聽到我剛剛說的嗎？夫人不會允許您出遠門的。」

「現在我是非走不可！再晚上一會兒，初七就沒命了！」

白子非已經急到火燒眉毛，非常生氣地轉身對他怒吼。

白四喜被公子嚇了很大一跳。

他從沒見過公子發這麼大的火，而且瞪過來的眼睛是那樣的血紅，好似那裡面正燃燒著火焰一般，又像是噬血的獅子，稍有一個不如意，就會狠狠地咬你一口。

四喜被嚇到了，看著眼前的白子非，好大一會兒都說不出話來。

白子非生氣地轉身。

四喜再一次拍拍他的肩。

「你想死嗎？」大白公子的怒火已經到了爆炸的邊緣。

白四喜很怕死地抱著頭，但還是伸手指指書房門外。「其實……公子……我是想和你說……東施施小姐的演出費，你還沒付呢。」

嗄?!

白子非眼睛一瞪。

妖嬈美麗、滿臉麻點點的東施施站在房門外，對著他拋個媚眼，又扭個小腰。

嘔──大白公子差點沒吐出來。

「行了行了。」白子非從包袱裡摸出二兩碎銀子，遞給白四喜。「快去打發她走吧。」

四喜捧著銀子。「公子，你打發叫花子呢。」

噴！

大白公子相信自己總有一天，一定會被四喜丸子給氣死！恨恨地從包袱裡再挖了幾兩出來，丟在他手裡。「沒有了！我還要留一些去盤雲山。」

「盤雲山?!」四喜的眼睛瞪得非常大。「公子，聽說盤雲山是一座和魔界、妖界、鬼界與神界互通的山，一般人都不敢隨便進去，即使懂些仙術的人，都只到半山腰就不見了，公子你為何要去那裡？」

白子非皺眉，都怪自己嘴快，居然把目的地說了出來，這下又有得煩了。

「好了，這些事不用你管，你安心在家裡，幫我哄好娘親就好了。」

大白公子包袱一揹，勇敢地朝著白府大門外跑去。

白四喜伸手就想要去捉白子非，但是他居然跑得飛快，四喜撈了個空，眼睜睜地看著他跑出視線，不由得心急萬分，居然跺跺腳，張開嘴巴就喊——

「來人吶！公子偷了咱家的東西，要變賣家產啦！」

咣噹！

白子非腳上被狠狠絆了一下，差點沒一頭撞上白家大門。

這個白四喜，居然敢這麼亂喊?!

好，你夠狠！等我從盤雲山回來，再找你算帳！

白府院子裡的家丁們聽到喊聲，呼隆隆地跑出來，白子非咬牙跳腳地對著白四喜指指指……指啊指……指完了就快點逃！

喵滴，他明明是要出門去救人，搞得他像是做了賊一樣地逃跑！白四喜，我絕對不會放過你的！

白子非氣憤不已，連跑帶跳地從白府裡逃出來。

事不宜遲，現在他必須盡速趕到盤雲山，興許還能找到那靈物，救回初七一命。

突然間——

唰！

不知道從哪裡突然橫過來一把長劍，那閃閃寒光的劍刃，差點就要親上白子非的臉蛋！

白子非心頭一驚，就見姑蘇城的城門牌坊下，站著那黑衣黑髮黑瞳、玉樹臨風、風流倜儻的雲淨舒！

「呼——」大白公子鬆了一口氣。「是你啊，我還以為是誰呢。我大白剛剛闖蕩江湖，明明沒什麼仇人啊。不過，你可不可以別老用劍指著我？每次都指指指……指個半天你也沒什麼動作，你以為我還會怕你威脅嗎？」

白子非伸手推開雲淨舒的劍，竟真的一點也不怕他的模樣。

雲淨舒微皺皺眉頭，還是把劍收了回來。

「你要去哪裡？」

大白公子斜睨他。「這和你有關嗎？」

「只要和初七有關，就與我有關。」雲公子斬釘截鐵。

白子非差點沒把自己手裡的包袱朝雲淨舒的俊臉上丟過去。

他就不能別這麼嘔他嗎？每天都在提醒他，言初七是他小雲公子的未婚妻！

「告訴我，初七的病情。」雲淨舒瞪著他，劍眉星目，令人不能直視。

白子非皺眉，在他的面前耍帥是沒有用的。「我不知道，我看不出。」

唰！

雲公子立刻又把劍抬了起來，這次是直接抵在他的喉嚨上。「你騙得了別人，騙不過我的眼睛。告訴我，初七到底怎麼了？」

白子非皺眉。

其實他不是不想說，而是不知如何說？面對一個凡人，他該如何解釋初七腋下那小小的傷口?!

「快說！無論是什麼結果，我都能接受！不管是什麼仙妖人神鬼，只要你告訴我！」雲淨舒冷冷地瞪著他，強悍地對他下令。

白子非反而吃驚地抬起眼簾。

雲淨舒說出這句話，莫不是他發現了什麼？

看著雲淨舒暴怒的樣子，白子非皺了皺眉頭，仔細想了一下，決定還是對他坦白。「沒錯，初七的病，並不是凡間凡人的病症。她的腋下有一個很小的傷口，像螞蟻咬過的那麼大，那是被蠍子魔咬過之後才會留下的傷。」

「蠍子……魔?!」雲淨舒雖然心裡已有準備，但聽到白子非的話，還是十分的吃驚。

「嗯。這個世界上，其實有很多凡人看不到的東西。神、仙、妖、魔、鬼，再加上凡人的世界，並稱為六界，而六界之內，又有著可以相互聯通的入口。有時候那些入口的看守疏忽一下，就會令那些本不屬於這個世界的東西，偷偷跑到凡間來。我不知道初七是什麼時候惹到了魔，但是她被蠍子魔咬了一口，已經是既定的現實。魔和妖不同，魔的魔氣會隨著傷口進入凡人的體內，那些魔氣會吸光人的血液，逼出人的靈魂，消磨人的肉身，他們比妖把凡人變成妖更加的恐怖，更加的邪惡。」白子非認真地對雲淨舒說明著，都不知道他在這麼短的時間裡，是否能接受這麼多奇怪的解釋。

雲淨舒手裡的劍已經放下，但他卻皺著眉頭，很認真地聽著。

「所以初七現在的血液全部倒流，都聚集在那傷口四周，她的四肢會逐漸變得冰冷，魂魄也會被一點一點地逼出體外。因此現在我要去神魔妖鬼交界的盤雲山，找一種叫作修魂草的植物，只有用那種被魔氣妖氣仙氣長年浸潤的草，才能化解初七身上的魔氣，勾回她的魂魄。」

白子非終於把一切對雲淨舒和盤托出。

雲淨舒怔在那裡，似乎要消化好一會兒，才能完全明白他所說的話。

「原來這個世界上，真的有神仙妖魔鬼……」

白子非點點頭。「是的，其實你連妖也見過，那日附在你娘親和唐家掌門身上的氣，就是妖所散出來的，只是那妖沒有現了原形，凡人看不到而已。」

雲淨舒猛然抬頭。「你要去什麼山？我陪你去！」

「不行！」白子非想也沒想的就立刻拒絕他。「那盤雲山凡人是進不去的，須有一些功力的人才能破了結界，進入山裡。而且盤雲山通神仙妖魔鬼五界，山裡的氣混亂異常，你一個凡人入內，必定會有危險不說，光是那些混合的氣，你就無法承擔。」

雲淨舒立刻一揚手中的流星追月劍。「你以為我會怕那些妖魔不成？」

白子非淡笑了一下。「即便你不怕，也是不成。盤雲山就讓我一個人去，你要留在這裡，守護初七。她的魂魄都已離身，現在是非常危險的時刻，只要從她身邊經過的妖魔，一旦嗅到她的身體已無魂魄，輕者會附上她的身，重者會把她的肉身拖入魔界妖界鬼界，那麼即使我拿了修魂

草回來，也無法讓初七的魂魄復原，無法讓她醒過來！所以，你一定要留下，用你的武功，對付那些妖怪，保護初七！」

兩個幾乎一向是冤家，誰也看誰不順眼的男人，竟然在這一刻，成了站在同一戰線上的夥伴。

白子非拍拍雲淨舒的劍。「你回去之後，每天用柚子水擦擦眼睛，再把柚子水灑在初七的身邊，在她的身邊掛上桃木劍，可避很多妖鬼。至於魔……」

白子非從自己的口袋裡摸出一個小球樣的法器，朝著雲淨舒的長劍上抹了一下。

本已經很鋥亮鋒利的長劍，立刻閃出一絲幽藍色的光。

「用你這把劍，便可擊退很多魔。但你切記，能退則退，不要和妖魔硬戰！保護好初七，等我回來。」

雲淨舒看著自己的流星追月劍，微微地蹙眉，鄭重地對白子非點了點頭。

白子非淺笑了一下，揹起包袱就往前走。

雲淨舒看著他的背影，終究忍不住開口問了：「白兄，神仙妖魔鬼，你……到底是哪一類？」

白子非回過頭，對他若有似無地淺笑一下，微微地伸出一個「V」字型的手指，很是挑釁般地回答：「嘻，你猜呢？」

第十二章　神仙妖魔鬼

言初七，像是睡著了。

靜靜地翕著眼簾，長而濃密的睫毛，像是羽扇一樣的美麗。只是平素那白裡透紅的臉頰，竟變得那樣的蒼白，淡粉色的嘴唇微微泛著青紫的顏色，只有散落在枕上的那一頭烏亮的長髮，還訴說著她平日的青春和美麗。

雲淨舒默默地坐在她的床邊，靜靜地凝望著她。

忽然想起那一日，盈盈如水的她靜靜地站在擂臺上，穿著水藍色的長裙，淡黃色的外衫，那樣眉目如畫，氣質如蘭，但又不似普通大家閨秀般的文弱嬌柔，她的眉月間更有一股英武之氣，是那樣的奪人視線。

若是能與這樣的女子攜手並肩，仗劍江湖，必定會是人生一大快事。

雲淨舒生平第一次有這種奇特的悸動。

「每個人，都無法選擇自己的出世，但走下去的路，卻可以自己選擇。你要往哪裡走，路，在你自己手中。」

初七說過的這些話，他沒齒難忘。

雲淨舒忍不住抬起手，白皙而修長的手指，輕輕地撫上她細嫩的臉龐。

她的肌膚依然是那樣的柔滑，只是，卻不再有那樣溫暖的溫度，而她的四肢和周身正在漸漸冰冷，彷彿正漸漸離他越來越遠、越來越冰……

「初七……不行！妳不能走……知道嗎？妳要醒過來，妳要堅持下去！我們會救妳的，所以……妳一定醒過來……知道嗎？」他握住她的手，想要盡自己的能力去溫暖她。

可是最後他發現這只是徒勞，因為她纖細的手指依然是那樣的冰冷，雲淨舒緊緊地握著她的手，眼圈都忍不住微紅。

「咳咳！」

忽然從門口傳來一聲咳嗽，讓雲淨舒不太自然地放開初七的手，站起身來。

從門外走進來的，是言家大老爺。

言大老爺一看到躺在床上動也不動的言初七，立刻就老淚縱橫地撲過來。「女兒啊，我的寶貝金瓜女兒啊，妳可不能就這樣拋下爹爹啊！當年妳娘親就是這麼不聲不響地就走了，妳可千萬不能……我的女兒啊！」

言大老爺放聲大哭，撲在初七的床邊，又是擦鼻涕，又是捶床板，那哭得叫一個悲憤欲絕，天神共悲，日月無光。

雲淨舒都忍不住心裡微微泛酸。

興許是院外的人聽到言大老爺的哭聲，竟有一大群人也跟著哭起來，首先衝進來的就是言初七的三個貼身丫頭，小綠小藍和小青。

她們每個人拿手帕捏著鼻子，一邊哭一邊唱——

「哎喲我親愛的小姐喲……」

「妳怎麼能走的這麼早喲……」

「沒有您我們的三句半喲……」

真是快要被她們雷暈，都什麼時候了，居然還想著三句半?!

這邊廂還沒有哭完，那邊門簾一動，言初一已經直衝進來。「妹妹！妹妹妳怎麼就這麼走了？」

「寶貝妹妹！妳不能走啊！哥哥還要和妳一同研習兵書啊！」言初二把手裡的兵法一丟！

「妹哇～～」言初三一衝進來，細細長長的丹鳳眼裡眼淚撲簌簌地掉。「妹啊，妳怎麼這麼狠心，就這麼走了？妳走了，誰來替我買胭脂水粉啊？我可不想被人當變態哇！」

初四手裡的算盤還沒有停。「妹妹！妳不能死啊！咱們家最近財政赤字，恐怕不能給妳大葬啊！」

唰！啪！

跟在初四後面的初五一腳就踢飛哥哥手裡的算盤，初六一個手刀就把初四劈倒在地！

初五對初四怒目，初六把臉一橫。「哼！」

不必開口，鄙視和冷漠就寫在雙生子的臉上。

雲淨舒實在被這一群人弄得有些無力，他只好攤攤手，對著這擠進來的一大群人說：「你們

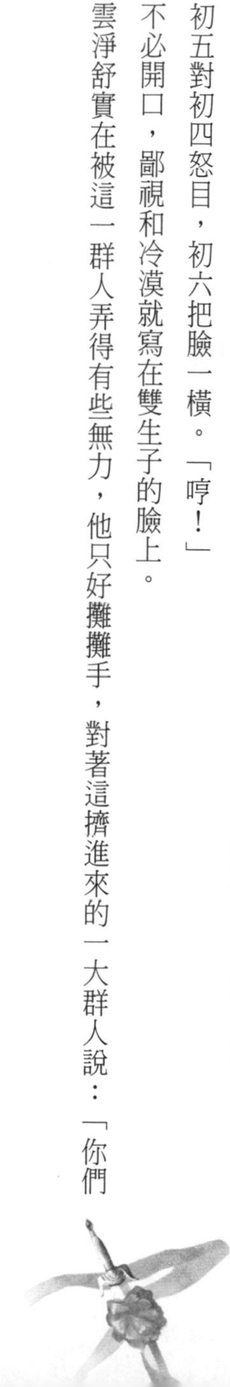

不用哭了，初七還沒死。」

「啊？」、「咦？」、「噢？」、「真的嗎?!」

個個都瞪大了眼睛，驚喜地望著躺在病床上的言初七，和哭得一塌糊塗的言大老爺。

言大老爺悲痛欲絕地爬起身來，滿臉的老淚。「是啊，小雲公子說的沒錯，你們妹妹還沒死呢，你們在這裡鬼哭狼嚎什麼啊？」

眾人皆暈厥。

在這裡鬼哭狼嚎的，明明是您吧，父親大人！

「既然妹妹沒事，我們先回鏢局吧，還有一大堆帳務沒有完成呢。」還是言初二有眼色，對著幾個兄弟點點頭，拉著他們趕緊閃了出去。

初四被兩個弟弟揍得不輕，還想要反抗，也被一起丟了出去。

言小青幾個丫鬟，有心在這裡陪初七，又看到雲淨舒和言大老爺在此，也不好多說，只得默默地走出房間。

等一干人等終於退淨，雲淨舒才長吁一口氣。

言大老爺看人都走光了，才抬起頭來，有些抱歉地說：「雲公子，我們言家真是對不起你。當日你才來言家做客，便讓你受了重傷，現今你剛剛和小女回來，老夫本打算讓你們早日成親，可誰知小女又突發怪疾……老夫實在難以面對雲公子，實在難以令雲公子留在言家……」

言大老爺這幾句話出口，冰心聰慧的雲淨舒又豈能不明白？

——

雲淨舒站在那裡，微微地抿唇。「言世伯請不用擔心。當日在下受了重傷，是託初七之福，才得以重生，又是初七一路陪我回去雲門，才了斷那樁心事。如此恩情，雲某沒齒難忘，又豈會因為初七小姐現在昏迷不醒而離開言家？世伯請放心，只要初七一日不醒，淨舒便會守在她的身邊一日。」

這是雲淨舒對言大老爺說的最多的話了，言大老爺不由地感動得淚流滿面，上前一步就緊緊握住雲淨舒的手。

「好好！真是我的好女婿，好同志！有你這句話，世伯的心便能完全放回肚子裡了，有你守在初七的身邊，世伯是放一百萬個心啊！淨舒啊，從此之後，初七的一切，可就交到你的手中了。」

言大老爺激動地握著雲淨舒的手，活像激勵出征的戰士一般。

雲淨舒便也握握言大老爺的手，淡淡地笑了笑。

於是，這整日整夜，雲淨舒都守在初七的身邊，劍不離手，衣不解帶。

雖然初七現在人事不知，他卻把她當成只是睡著了一般，每日悉心照顧，還按照白子非所說的話，每早以柚子水潑灑在她的身邊，以防被妖氣近了身。

說起來很奇怪，以前雲淨舒是不相信什麼怪力亂神的，可是自從和初七與白子非相遇，他突然有點相信這種事了，對於白子非在姑蘇城牌坊下對他所說的，神、仙、妖、魔、人、鬼，六界同生同在，似乎也有些漸漸明白了。

現在他要做的，是要靠自己的力量，保護好初七，等待著白子非找到仙草回來。

想到這裡，雲淨舒把手裡的長劍放下，拿起桌上的柚子水，輕輕地擦了一下自己的眼睛。

這東西很是神奇，能讓他有著很奇特的視覺。前幾日他不止一次地在院中看到有影子飄過，不過它們並不進初七的房間，他也就不去打擾它們。管他什麼神仙妖魔鬼，他已經不再害怕，只要劍在手，誰也別想侵害初七。

「雲公子！」院子裡傳來言小青的聲音，她掀開竹簾，端著一盤飯菜走了進來。「公子，您這些天辛苦了，快用點晚飯吧，等下初五少爺和初六少爺說來跟您換班。」

雲淨舒看著她放下飯菜，卻微微地斂了斂眉。「告訴他們，不必來，有我一個人守著初七就可以。」

哎呀呀，看看人家，好有氣勢，好英俊好帥氣耶！

名滿天下的朱砂公子，氣度非凡，再加上他對小姐一見傾心的真情，十幾天來衣不解帶的守護，真真讓人十分感動，十二分的激動啊！小姐，妳真是九天之上修來的福氣，才能得雲公子這麼好的夫婿來相配呢！

言小青忽然覺得自家那個白四喜，實在比人家朱砂公子差太遠了！還是小姐好啊，有那麼多人喜歡，文的公子傾心，武的公子癡情……

雲淨舒微微地蹙眉，感覺到言小青並沒有放下飯菜離去的模樣，他有意無意地朝著小青的身邊掃了一眼，卻立時大吃一驚！

就在小青的身後，有一個白色透明的，像是煙霧一樣的影子，正搖頭晃腦地望著屋內的一切，在看到躺在床上的言初七時，頓時就眼睛一亮，飢渴得幾乎伸出舌頭來了！

果然有妖怪嗅到了初七失了魂魄的味道，就這麼大剌剌地跟著小青進了屋。

雲淨舒立刻眉心一蹙，厲聲喝道：「你想幹什麼？」

「啊……啊?!」小青嚇了一跳。不會吧？難道雲公子還會讀心術，把她的心思都看穿了？

小青害怕地想要後退，雲淨舒卻大喝一聲——

「別動！你敢再動一步，我就殺了你！」

言小青立刻涕淚交流。

不是吧？她只是隨便想想，沒打算做什麼啊，怎麼就要淪為他的劍下之鬼了呢？這有名氣的公子真可怕啊，人家連想一下都不行？嗚嗚嗚，看來還是自家的四喜好，至少她不開心的時候，他還會哄著自己……

「沒……公子……我沒想幹什麼……」

言小青被嚇得面色發青，轉身就想要逃跑。

可是小雲公子已經拔出流星追月劍來了！

唰！

咻！

亮晶晶、寒光閃閃的長劍，已經朝著她狠狠地劈了過來——

「啊！公子！我錯了！我回去找四喜……」言小青語不成聲，眼睜睜地看著長劍從自己的頭頂劈頭落下！「啊！」

只尖叫出一聲，#5地一下子就嚇暈在地上。

雲淨舒的流星追月劍，當然不是朝言小青劈過去的，那劍身帶著一抹寒光，唰地一下就直刺到那抹如煙霧般的妖怪影子上！

「吼——」妖怪疼得大吼一聲，看著那長劍在自己的身前閃出一抹幽藍的光芒。「你……你竟然看得到我！」

雲淨舒站在那裡，長劍在手，風度翩然。「有我在這裡，誰也別想接近初七！」

盤雲山，盤在雲中自成山。

這是個奇怪的地方。

這是個神、仙、妖、魔、鬼和凡間所交界的地方，每一層都有層層的雲朵所盤繞，山間霧氣繚繞，幾乎看不到前方的路，如果一個不小心，一腳踏過去，也許就萬劫不復，生死不明了。

山上終年被妖氣、魔氣所覆蓋，因為神、仙都不會由此山下界，所以山中的鎮頂神氣也薄弱很多。

這就成了那些沒有成形的、不能變化的、不敢去人間的小妖們的極樂地，它們整日在山中狂歡，等待著那些誤入此地的凡人或牲畜成為它們的腹中之物。

「仙人，這裡太可怕了，我們回去吧。」安狐狸從包袱裡露出一個腦袋，很是害怕地開口。這山中的妖氣很重，有些妖的味道比牠的更大、更強！要知道，在妖界，大妖吃小妖以吸進功力的事情是每天都在發生的，這讓安狐狸很害怕。

白子非皺皺眉頭。「沒事，有我在這裡，你沾染到我身上的仙氣，便不會被那些妖怪所侵襲。」

「仙人，我知道你身上有仙味，可是這裡已經有幾百年都沒有仙人來過了，而且你的仙氣又很弱……」安狐狸躲在包袱裡，做一個無奈的爪勢。「仙人你不過是玄天大神座下大弟子家的拐了七個彎八道溝的護丹仙人好不好？」

白子非真是黑線一大坨。「好啦，我當然知道自己的身分，不用你來提醒我。不管怎麼說，我還是仙。」

「沒錯沒錯，」安狐狸好像很不以為意。「仙人中的小苦力罷了。」

「你！」

大白公子真的快要被牠氣瘋了，差點把手裡的包袱都狠狠地丟出去。

安狐狸立刻在包袱裡喊：「喂，別丟我哦，我不僅是你斬妖除魔的好幫手，我身邊還有你採修魂草的法器呢！丟了我，你就什麼也拿不到了。」

白子非站在那裡，想跺腳，又想要咬牙。

他這次下凡，到底都養活了一群什麼傢伙？是人就敢欺負他，是狗也敢亂咬他，好不容易撿

到一隻狐狸，打算當成神獸寵物來養，結果這個傢伙比他還囂張，每次都會威脅他?!

好，他吐血！他閉嘴，他什麼都不說！

於是一仙一狐就在盤雲山上穿行著。

山中沒有什麼風景，甚至因為妖氣魔氣混合的關係，這裡只剩下亂沙怪石，寸草不生，山中的雲霧又一直繚繞著，幾乎看不清前面十步的路，所以白子非很小心翼翼地走著，以免自己一不小心，就會掉進萬劫不復的萬丈深淵去。

但即使自己身上的仙氣罩著安狐狸，卻還是聽到身後傳來細細的議論聲——

「有生妖來了。」

「像是狐狸。」

「那個走著的，是仙人？」

「仙氣很弱啊，應該很好欺負吧。」

安狐狸緊張得在包袱裡直發抖，上牙碰著下牙，得得地打架。

白子非按住自己的包袱，冷靜地對牠下令：「別害怕，有我在這裡。我是仙，它們無論如何不敢攻過來的。」

「我知道，仙人，你是仙，我不怕……」安狐狸拚命縮在包袱裡。「我不怕才怪！我怕得要死！仙人，這裡有很厲害的妖啊！」

「那些妖近不得我們的身的。我們快走，到了雲頂就好了。」白子非不管後面那些跟著他的

「東西」，也不管那些細細的議論之聲，只是埋頭看著腳下的路，既小心又快速地行走著。

他們只要穿行過這一段路就好了，只要走過去，只要……

唰！

忽然間，白子非覺得空氣中像是有什麼氣，猛然閃過！彷佛如一串電流，從遙遠的地方傳來。

「不好！」白子非的腳步驀然一停。「初七有難！」

「啊？什麼？」安狐狸從包袱裡露出頭來。「仙人，你感應到什麼了？」

「我在雲淨舒的劍上留了仙術，一旦他動用仙法，我就能感應得到！現在這仙術突然變強了，證明雲淨舒真的動用了仙術，那一定是初七的身邊有妖怪現身，想要侵佔她的身體了！」

白子非緊張非常，如果此時，他還能守在她的身邊便好，可是如今千里萬里，只靠雲淨舒，真能對付得了那些強勢的妖物嗎？

白子非越想越覺得不安，伸手就拉開包袱，把裡面的安狐狸給捉出來。「我現在用仙法送你回去，你去保護初七，好不好？」

「哎哎哎，仙人！」安狐狸沒想到他突然這麼衝動，一下子就按住他的手。「仙人你別激動嘛，那個雲公子不是很厲害的嗎？你怎麼那麼不放心？他的劍法那麼高明，又有你的仙術傍身，不會讓小妖破壞初七小姐的肉身的。仙人你現在送我回去，那等一下找到了修魂草，你怎麼去拿？」

修魂草一般都長在懸崖背側，最懸空的地方，一般人看不到，也發現不了，當然就更加無法拿到。他這次帶著安狐狸前來，就是要靠安狐狸幫他去取修魂草，這會兒突然感應到初七有難，他竟然緊張的要把狐狸給送回去了？

白子非皺緊眉頭。

「可是……我真的怕雲淨舒守不了初七……他只是個凡人……」

「初七小姐也是凡人。」安狐狸看著大白公子，第一次看到白子非那樣傷感的眼神。「難道仙人你準備守她到九九八十一歲？仙人，她終究會生老病死，墜入六道輪迴的。」

這些話，突然讓白子非全身顫抖了一下。

看著她從三歲的娃娃，到現在的亭亭少女，從一個可愛寶貝，到武功蓋世，他一直都在看著她、陪著她。原來終有一天，他會再也看不到了嗎？

剎那間，白子非這個從來都是樂呵呵的神仙，也紅了眼圈。

安狐狸有些小心翼翼地看著他，這還是牠第一次見到每天笑不停的白仙人紅了眼睛。

「仙……仙人，我說錯話了嗎？」

「沒有。」白子非搖搖頭。「你說的都很對。或許終有一日，我再也見不到她，但只要她還在凡間一時，我便會守她一世！狐狸，你回去，幫雲淨舒守著初七！」

大白公子二話不說，抓起安狐狸就想要施起仙法。

狐狸立刻大叫：「不行不行！仙人，我不能回去的！這裡你還要靠我幫忙的，只有你一個人，根本找不到修魂草！你的仙法也抵禦不了它們的！仙人！」

白子非卻不聽安狐狸的大叫，只是唸起咒語，指尖倏然有仙光乍現，一心想把牠送回言家。

但是白子非太大意了，身後一直跟隨著的那些妖怪，它們早已看出他仙氣低微，手中的安狐狸又是修練了一千七百年的極品，見他一心施法，不得分心時，突然怪叫一聲，跟著就撲了過來——

「撲倒神仙！」

「吸了他的仙氣！」

「捉住那隻狐狸！」

安狐狸看到那些撲過來的東西，立刻尖叫一聲：「仙人！不可以！」

白子非卻把手指朝著安狐狸一指！

仙光乍現，仙氣撲人！

就在這個瞬間，是白子非的仙氣最弱的時刻，那些妖怪一下子撲中他的後背，猛然一推，他就站立不住地向著盤雲山下的萬丈深淵摔了下去！

「仙人——」安狐狸大叫一聲，消失不見。

雲淨舒三招兩劍，就把那妖怪打出了房間。

原以為它受了傷，會就此離去，誰知還未過半個時辰，那妖怪竟然呼朋引伴，直朝著言初七

的房間撲了過來！

一時間，初七的屋子周圍，妖風陣陣，妖氣大現，即使連普通人都能感覺到這間屋子的異樣，更何況是已經用柚子水搽過雙目的雲淨舒。

雖然是初次見到這些妖邪之物，但雲淨舒並不懼怕，三兩招就擊退一隻，兩三劍就砍傷一個！

漸漸的，妖怪們惱怒了。

「無知黃毛小兒，敢招惹我們！倘若把這床榻上的肉身奉送給我們，我們便饒過你，如若不然，請出我們的大王來，定讓你生死不能！」

雲淨舒站在那裡，冷若冰霜般地微微一笑。

他連那些殺人不眨眼的殺手都不曾怕過，又豈會害怕這些小小的妖？一個個長相如此醜陋，連眼睛耳朵都垂到肩膀上的傢伙，又有什麼好怕的？

「儘管過來好了！」

妖怪們被雲淨舒激怒了，尖叫一聲，有幾個掠出窗扇，囂叫而去。

剩下的妖怪紛紛撲上來，與雲淨舒繼續纏鬥在一起。

這些妖怪，有的是如安狐狸一般，由狼虎在深山中吸取日月之精華修練而成，而更多的是由妖界吸取了大妖王的妖氣，幻化而成的妖影。

這種妖影甚是可怕，它們可變化成任何模樣，以吸取凡人的精氣血液為生，吸得的血氣越多，它們的妖氣就更顯一層，身體也漸漸的不再只是個影子，而變得有血有肉起來。這時它們便需要一個肉身來承擔這個影子，或許可以是牲物，或許可以是凡人，但終會找個肉身來依託。而原本的人性，靈魂便會從自己的身體裡被擠出去，無法進入六道輪迴，自也不再有前世來生，生生世世，永永遠遠的便只能成為那孤魂野鬼了。

雲淨舒揮劍，冷靜自持。

他絕對不允許這些妖怪們靠近初七一步，更不會令它們搶了初七的肉身。即使手中的長劍已經沾滿了妖怪的妖血，那幽藍的藍光也漸漸的在減弱，雲淨舒卻毫無懼意，一心只想擊退妖群！

「啊！」、「呀！」

一劍掃去，又有兩隻妖怪被流星追月劍掃到頭角，痛得大叫一聲，滾到一邊去。

妖怪們竟有些懼了。

這個凡間的男子，果真連它們這些妖都不害怕嗎？

正在這時，屋子外面突然傳來一聲旱地驚雷，妖風大作，薄薄的窗扇被吹得瑟瑟發抖，剎那間，連明朗的天空都瞬間暗沈下來。

雲淨舒微微地一怔。

這樣強烈的變化，似乎不好！

妖群們卻興奮起來，止不住地大叫：「太好了，太好了，大王來了！」

話音未落，那已經被吹得搖動的窗扇倏地被猛然推開！一團火球似的東西，啪地一聲就衝進

房間裡來，疾速地朝著雲淨舒滾了過去！

雲淨舒連忙閃避！

這東西並不像那些現身的妖怪，他的長劍還能抵擋。如此烈火如焰，又該如何處置？

「大王大王，燒死他！燒死他！」小妖怪們興奮得尖叫。

那火球在地上瘋狂地滾過，一邊滾還一邊放聲狂笑。「哈哈！你這個凡人，膽敢傷我妖民，今天就讓你嘗嘗我焰火君的厲害！」

狂火倏然就朝著雲淨舒直噴過去——

雲淨舒一愣，立時後退！

這火球沒有真身，看不得它的模樣，更不知該從哪下手！劍身掃到那火球身上的焰，就冒出一簇藍色的火星，卻根本近不得它的身！

雲淨舒邊戰邊退，眼看就要到了初七的床邊。

那大火球立刻就大笑起來。「哈哈，看你還有什麼辦法抵擋！你這個凡人，今天就讓我燒了你，占了那女人的身！」

呼——

火焰猛然竄起，一下子燃起三尺多高！

雲淨舒心急，反手打翻旁邊桌上的花瓶，把瓶中的水朝著初七身邊的錦被上一潑，接著拉起那條錦被，倏然一擋！

呼——

灼人的熱浪一下子就猛衝過來，剎那間就把那濕了的錦被給燒開一個大洞！雲淨舒差點被燒到，連忙撒手撤開！

焰火君大笑，笑聲狂妄。「哈哈！凡間之水，怎能滅得了我妖間之火？今天你是無處可逃了，受死吧！」

大火球朝著雲淨舒就轟隆隆地滾過來！

雲淨舒心焦，這下該怎麼辦？難道今日真要死在這裡了？他沒有白子非的仙法，只能眼睜睜地被它們燒死?!

不，不行！

雲淨舒咬牙，能想到的最後一件事，就是猛然回身，以自己的整個身體擋住昏睡不醒的初七！

即便是死，他也要守住初七的身體！

呼——

火焰撩著他的脊背，就這樣猛然竄了過去！

就在這萬分緊張，千鈞一髮的時刻，突然有個聲音從半空中傳過來，低低的，帶著那樣威嚴的聲音——

「破裡破裡戒，阿破裡戒！避火——神咒！」

唰！

一道光芒突然間就從屋頂傾洩而下，像是一片可以避開一切火焰的神罩，唰地一下子蓋下來，把雲淨舒和言初七全都籠罩在裡面。

焰火君的火焰帶著熱浪滾滾，竟真的燃不過那金光四散的籠罩，而是順著罩子竄向了別的方向，根本燒不到雲淨舒和言初七！

焰火君一看到眼前的景象，頓時一嚇。

「不好，大家快逃！」

聲音一出，眾小妖都嚇壞了，全都不敢再聚在這屋子裡，立刻撞破門窗，四處奔逃！

但是，已經晚了！

「阿破阿摩耶，阿破羅摩耶！收——」

半空中突然傳來一聲大喝，接著是有更多的光，像是由天空中的雲層投射下來一般，竟然在空中織成了密密的網，猛然就向著地上這些想要奔逃的妖怪們撲了下來！

小妖們來不及逃走，一旦撞在網上，即被黏得結結實實，再無逃走的可能！

剎那間，妖怪們哭嚎尖叫，亂作一團。

剛剛還得意洋洋的焰火君，嚇得抖成一團，大叫一聲：「完了完了，這次真的完蛋了！快跑啊！」

它嚇得就要朝外面滾出去，火焰怒燃起幾丈高，可是還來不及衝出門去，半空中的聲音已經近在它的眼前。

「妖焰，往哪裡逃！真身之水——」

嘩！

突然有晶瑩的水珠從半空灑落，噗哧一聲，就把焰火君身上所有火焰給瞬間熄滅！

焰火君只來得及呻吟一聲，就立刻倒地身亡，火焰全滅。原來牠的真身竟是個團成一團的大螢火蟲，以自己尾上的那些火光來嚇唬別人。

雲淨舒被這突如其來的一連串變化給驚了一驚，不知是何方高人，竟會如此來幫助自己？

只見院子裡有一團五彩的雲朵，從半空中緩緩降落，雲朵之間可見有一名身穿銀白盔甲，身披五彩霞光，眉如濃墨，眸若流星的男人，漸漸顯身。

「院內何事？竟會惹得這許多妖怪圍攻？」男人開口，聲音響亮，徹耳不絕。

第十三章　盤妖谷

萬丈深淵，萬劫不復！

盤雲山上盤妖谷，妖魔成群，極樂世界！凡是跌入這盤妖谷的凡人，必死無疑，死後還可能會被分屍，骨骸無存。因為這谷中多的是啖肉噬血的妖魔，一旦落入，便已經是踏入了黃泉無頭路。

而白子非，就掉入了這盤妖谷。

渾身疼痛，酸楚異常，周圍的妖氣大得令他不能呼吸，那濃重的血腥味道，幾乎可以令人嘔吐。

一群小妖圍在他的周圍，有些懼怕，又有些好奇，也有些按捺不住地吐著舌頭垂涎著。

「這是仙嗎？怎麼這麼弱？」

「看起來不像，仙人有這麼笨的嗎？」

「難道，是天上的民工仙？專做苦力的？」

白子非扶在山石上，氣呼呼地喘氣。

方才跌下來的時候，腰被突出的山石劃傷了，不僅血肉模糊，更是痛楚非常。他已經在暗唸咒語，想要令傷處快快恢復，因為流出的血液會讓那些妖怪們更興奮，自己的安全則更加難保。

不過他還是被這些妖怪們弄得哭笑不得，神便是神，仙便是仙，還有什麼「民工仙」？乃們這些臭妖怪也太有創意了吧？

「走開！」他大聲地對著那群妖怪們呼喝。「我乃玄天大神座下大弟子家的神仙，只是從此路過，你們若還敢在我面前，小心我立刻收了你們！」

幾個小妖頓時就被嚇住，嗖地一聲立即躲到大一點的妖怪身後去。

不遠處忽然有魔氣襲了過來，竟是一隊成群的魔物，也嗅到了這血腥之氣，跟了過來。

「閃開，小妖怪們！」

魔物比妖物更多了一些霸道，闖過來就對它們橫衝直撞！

妖不比魔，自然有三分怕它們。

魔物氣沖沖地跑來，大聲呼喝著。「你們這些小妖，一旦有吃食，先要奉送魔王，難道都不知道嗎？小心我一口吞了你們！」

小妖嚇壞，咻地一下子全都跑開。

於是白子非又被一隊黑乎乎、穿著黑披風的魔物給團團圍了起來。

魔物的眼睛都是幽綠色的，它們躲在披風下，不敢曬到陽光，但一雙雙幽幽的眼睛對著白子非掃來掃去，那貪婪的樣子，還是令白子非倒抽了一口冷氣。

「竟然是仙！我嗅到他身上的仙氣了！不過很弱，如果吃了這樣的仙，定能讓我們的魔力大增！」

「還是捉了回去，送給魔大王吃，說不定只要王吃了，就能衝上九天了！」

「那時連神仙兩界，都會被我們魔界所占領了！哇哈哈哈！」

魔物們想著想著就全部哈哈大笑起來。

白子非看著它們，實在是黑線一大坨。

不過沒等魔物對他下手，那邊的妖怪們又去而復返，竟有三隻修練千年的大妖，帶著一群小妖又殺了回來。

「紅魔！滾回你們的領地去！這裡是我們的界地，這個掉下來的神仙，理應歸我們！」

魔物們被這一罵，頓時也生起氣來。「綠妖！你少在這裡胡說！這明明是魔界的屬地，這隻仙應該歸我們！」

「你才是胡說！這裡哪會是魔的屬地？上次妖王和魔王都已經把分界劃好，明明是在這裡好不好？」大綠妖跑過去，在地上畫一條槓槓。

「根本不是，魔王和妖王定的分界，是在這裡！」魔物也飄過去，在地上畫另一條槓槓。

每個都把白子非畫在裡面，只想捉他回去。

綠妖怒了，伸手就把槓槓畫長些。「明明是在這！」

紅魔惱了，伸手就把槓槓畫得更向這邊一點。「明明是在這裡！」

「這裡！」

「這裡！」

「這！」

「那！」

紅魔和綠妖居然吵起來了，兩個紅眉毛綠眼睛的，在這盤妖谷裡對吼。

白子非已經被它們搞得沒有想法了，偷偷地直起身來，準備趁此機會快點逃跑。哪裡知道還沒有動一下，卻突然被綠妖伸爪一指！

「好，本妖不和你一般見識，當初魔王和妖王的分界，是以這塊山石為準！」

「沒錯，就在這塊山石上！」紅魔也第一次贊同的點頭。

白子非倚在那塊山石上，頓時囧了。

敢情他大神仙真會掉，居然掉在妖魔分界的正中間?!

綠妖和紅魔都死死地盯著他，似乎立刻就想要把他分成兩半！

白子非冷汗都冒出來了。

如果只對付妖，他有八成勝算，因為他畢竟是仙。

如果只對付魔，他也有一半把握，至少仙界的伏魔咒還是很靈光的。

可是最危險的就是現在這個境地，一邊是妖，一邊是魔，萬一它們同時下手的話，他一個人根本對付不來。有可能就真的被它們吸了仙氣，葬身於此了！

白子非緊張極了，而綠妖和紅魔也有些緊張地轉過頭來，死死地盯著他。

盯著那塊分界的山石，盯著倚在山石上的他。

六隻眼睛，一仙一妖一魔就這樣王八看綠豆似的，相互緊緊地盯著。

一滴冷汗從大白公子的額角滑落。

忽然紅魔一拍大腿。「好，就按老規矩辦事，我們來賽一場，誰贏了，誰就把他拿去！」

「好！」綠妖也是痛快之人，跟著就一拍大腿。「比就比，誰怕誰！」

於是倏地一聲，紅魔和綠妖都突然退去，好似突然躲起來，在做什麼準備一樣。

白子非看它們倏然消失，覺得這是個好機會，別管那兩隊怪傢伙比什麼賽，一旦分出勝負來，他就真的死定了！所以現在什麼都不要管，走為上策！

大白公子挺起腰，扶著自己受傷的傷口，正想拔腿開溜。驀然之間，哐——竟突然傳來一聲超大聲的鑼鼓！

白子非嚇了一大跳。

接著咻地一聲，只見半空中突然竄出一隊全身著雞屎綠短衣長褲，腰間纏著蘋果紅長綢的妖怪。

另一邊也不甘示弱，嘩地一聲一隊身披酒紅披風，腰纏蔥心兒綠的魔物們就突然衝了出來。

哐哐哐！

鏜鏜鏜！

鑼鼓震天響！

「正月裡來是新年，紅紅的綢緞甩起來，我們妖怪有氣派，歡快的秧歌扭起來！」雞屎綠的

妖怪們大聲唱。

「咚咚嗆！咚咚嗆！齊古隆咚嗆！我們敲鑼鼓，我們穿唐裝，小朋友們不慌張，排好隊伍唱好歌，歡快的秧歌震天響！」酒紅披風的魔物們竟然唱得比妖怪們還要響！

白子非差點被嚇倒在山石上。

媽媽咪呀，這……這就是妖怪和魔物們的比賽嗎？簡直也太抽風了！比什麼不好，居然比賽扭秧歌？還弄得一身紅紅綠綠，果然真是紅魔綠妖雞屎蔥花一家親！

白子非大仙人被它們弄得都快要嘴角抽搐，倒地不起了。

「麥田收成好，我們心歡暢！」

「扭秧歌，強身心，不生病來不吃藥！」

「秧歌好，秧歌棒！」

「我們都愛扭秧歌！」

妖怪魔物們卻舞得正帶勁，曲子也越來越高昂，鼓點也越來越激烈！半空中一片紅紅綠綠亂舞亂蹦。

白子非忍不住仰天長嘆：妖怪們也無聊啊，魔鬼也閒得發慌啊！上天啊，祢還是多派點神仙沒事下來陪它們玩玩吧，不然它們的心理一定會出問題啊！這樣怎麼能達到人神仙魔妖鬼都和諧統一呢？

不過現在不是看它們在這裡歡樂的時候，他要趁這難得的機會，快快逃走！真讓它們比出個勝負來，死的不還是他嗎？

白子非看著雙方都已經進入了混亂的狀態，立刻彎低身子，悄悄地邁出腳步，想逃離這個鬼地方。

但或許是他的仙氣在這個谷中實在太特殊和異樣，他才走沒兩步，就倏然被魔妖們發現了！

「頭！他要逃走！」

「那個神仙要跑了！」

小妖小魔們立刻大叫。

白子非很生氣。「乃們是不是在比賽嗎？那麼不專心！」

紅魔頭和綠妖頭卻已經顧不得了，大叫一聲就從半空中直飛下來。

「快快受死吧！」

「神仙哪裡走！」

紅魔在半空中喊：「我們今天不比了，先一鼓作氣，把他分吃了算了！」

「好！」綠妖也是痛快的。「今天我們就一分為二，把他殺了再說！」

哇，完了完了！他不想驚動它們的，結果還是被發現了！還是快快腳底抹油，溜為上策！白子非也不管那三七二十一，拔腿就跑！

那群紅紅綠綠的妖魔們從半空中俯衝下來，朝著白子非就尖叫著撲了過來。

大白公子腰受了傷，正跑不快，心裡那叫一個著急，偏偏還想不起來駕雲咒該怎麼唸，只靠

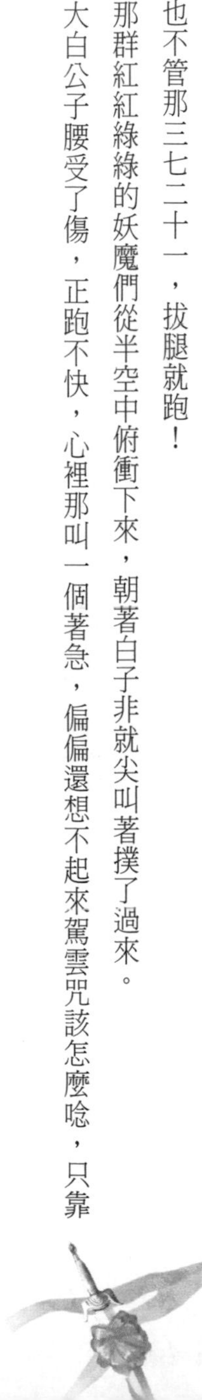

兩條腿，哪跑得過那群紮著紅綢子穿著綠襖子的傢伙們啊！難道今天真的要命絕於此了嗎？

「站住！不許逃！」綠妖大叫。

「站住！你是我的！」紅魔尖吼。

「有一半是我的！」綠妖不管三七二十一，已經直衝下來。

唰地一下子亮出尖尖的爪子，朝著白子非的肩頭就抓了過去。

白子非的仙氣已經非常微弱，眼看就要被它抓到了！

紅魔也衝了下來，伸出骷髏樣的手指，就要穿透白子非的後心！

完了完了完了！白子非在心內慘叫。

就在這一刻——

唰唰！

竟然有劍光閃過！

幽碧的寶劍，剎那間就砍斷了綠妖的爪子、紅魔的枯指！

「啊——」

「呀——」

紅魔綠妖痛得尖叫一聲，霎時就從半空中滾落下來。

啊，是哪個神仙開眼，下來救他了嗎？要來也來早一點，害得他都受傷得快要死掉了才……

有人來救他，內心還充滿了不滿的白子非嘟嘟囔囔的回頭，這回頭一看，差點把他的魂魄都給嚇飛了！

反而飄浮在半空中、手拿幽碧的碧玉劍的人兒，沒有任何的緊張，還對著他淺淺一笑。

白子非頓時汗流浹背。

「初七！」

沒錯，跟在他身後的人，拿著碧玉劍救了他的人，飄浮如同影子一樣的人，對著他淺淺微笑的人——真的是那個躺在床上，失了肉身的言初七！

白子非覺得一頭的冷汗都要滾下來了，他目光急切地望著她。「妳怎麼到這裡來了？妳不能來這裡，快回去，回去言家！」

「不要。」初七飄忽在雲霧裡，只有手裡的那把碧玉劍，是那樣的沈重和清晰。「我要保護你。」

白子非的心頭驀地一酸。

「胡說！妳現在只是一縷魂，怎麼保護我？這盤雲山裡妖魔縱橫，妳在這裡，萬一被它們捉到了，分吃了，妳就再也回不去妳的身體了！」白子非心急地對她吼，還是第一次對她這樣著急，這樣生氣。

言初七似乎被他嚇到了。

她靜靜地浮在天空中，默默地看著他，水汪汪的大眼睛即使已經變得微微透明，卻依然那樣靈氣十足地望著他。

她抿抿嘴唇，輕聲道：「不。」

「初七！」白子非大吼。

「我要保護你。這裡的妖魔都很厲害，你打不過它們，所以我要跟著你。是不是魂魄都沒有關係，你是為了救我才來這山，所以我一定要陪著你。」初七握著手裡的那把碧玉劍，表情是那樣的誠摯而堅決。

白子非望著她，都不知道說什麼才好了。

心裡有些急切，卻又有些酸楚，更多的是那五味雜陳的東西揉在心底，雜亂成一團。

他是個神仙啊！什麼時候竟然淪落到要靠女人的魂魄來保護自己了？還這麼柔軟酸楚的，連眼淚都快要跌下來了。

「我才不用妳保護！」白子非梗著咽喉，硬生生抓住她，就把她從半空中往下一拖！

初七落地，隱隱的手腕卻還握在他的掌中。

她雖然知道自己早已經飄飄隱隱，很可能隨時會四處飛散，但此刻被他握在手心裡，卻更多了一份安定的感覺。這與她和他在言家時更加的不同，或許在這樣危難的處境裡，更多了一份相依為命的感觸。

當紅魔和綠妖在半空中看到這個情況，不由得更加氣惱地咆哮——

「居然又來了個凡人的魂！吃了她！」

「好，我們一邊一隻，分吃了他們！」

吼——

妖魔怒吼著就直衝過來，初七把白子非一擋，拿起碧玉劍，直迎上前！

白子非忽然覺得心痛，想起安狐狸曾經說過的：總有一天，她終究會生老病死，墜入六道輪迴……

他忽然很想流淚，很想牽住她的手，拋棄那什麼神仙、天條、混世丹，就這樣生生世世守著她，日日夜夜不分離，從此天人凡人，永永遠遠……

就在此時，妖魔們已經橫衝了過來，白子非大叫一聲：「初七，小心！」

他摸出法器，朝著她的劍上一抹，幽綠的碧玉劍立刻閃出耀眼的光芒！

紅魔綠妖，氣勢洶洶地朝他們直撲過來……

紫氣東來，神仙降臨。

估計也就是眼前這景象吧。

院內的男人俊秀英挺，眉宇之間氣度非凡，他身上的銀白盔甲閃爍著星辰般的光芒，身後的雲朵上，有著五彩的霞光。他的周身，似乎籠罩著一股氣，一股透明的、五彩的、斑斕的令人不敢近前的氣。

當他朝著屋內走來的時候，腳步輕盈得沒有一點聲音，這幾乎是江湖上擁有最上乘的輕功也無法辦到的事情，更何況當他走進屋內，用那細細長長的眸子朝著屋裡凌厲地一掃的時候，那銳

利的目光，飛插入鬢的濃眉，更是為他添了三分凌厲，三分霸氣。

「你……非仙非妖非魔，你是人？」他瞪著雲淨舒，聲音響亮而清脆，微微一低頭，又看到雲淨舒護在身後的初七。「此人……魂魄已離，她被魔頭咬了！」

雲淨舒心內咯噔一聲。

來者不是尋常之輩，從他剛剛幾招就收了群妖、敗了焰火君的氣勢來看，很有可能也不是凡間的人類。

他腳踩祥雲降臨，身披五彩霞光，有八成的把握，會是上三界的神仙。

只是這人比起白子非來，遠遠強大了不止一點點，連雲淨舒都能感受得到他身上強大的仙氣，當他站立在那裡對自己開口時，那抹逼迫的感覺，是那麼強烈而清晰。

雲淨舒站直身體，雖明白對方有可能會是仙人，卻依然不卑不亢。「嗯，她被蠍子魔咬了。」

男人也不語，走過來掐一掐言初七的手腕。

脈象依然溫熱，只是薄弱得幾乎已經快要摸不清楚，更讓人吃驚的是，她全身的血液全都倒流到腋下的傷處，以這樣冰冷的速度，她早就該斷命了！可是如今竟只是魂魄離了身，怎能不讓他納悶？

可是瞇眼一看，竟令他大吃一驚！

他轉過身來，一步就逼到雲淨舒的面前！

「你！果真不是仙！」

雲淨舒眉頭一皺，竟是不著痕跡地微退一步，身子還擋在初七的面前。「不是。」

來人皺了皺眉，凌厲的目光把他上上下下地掃視一遍，最後感嘆一句：「怪事。」

正當兩個人膠著之時，突然空中傳來一聲尖叫——

「啊啊啊——我不要回來！仙人——」

咚地一聲，竟從半空中開了一道光，有個全身銀毛的狐狸，倏地一聲掉了下來！

雲淨舒一愣。

他見過這隻狐狸，在唐門爭鬥的時候，牠曾經縮在白子非的懷裡，怎麼現在突然出現在這裡？

安狐狸也看到了站在床邊的雲淨舒，立刻大叫一聲：「小雲公子！快救我家……」

話還沒有說完，安狐狸忽然覺得自己背後一涼！

那種感覺幾乎像是抽筋剝骨一般，安狐狸覺得自己的爪子都在顫抖了！牠小心翼翼、慢慢的、緩緩的、一點一點地轉過頭去，只是看到一雙細長凌厲的眼睛，牠就尖叫一聲，咻地一聲就直朝著門外抱頭狂竄！

「啊！巡使天君！饒命饒命！我只是個小妖，什麼都沒有做！什麼都沒有做！」

安狐狸給嚇壞了，夾著尾巴就拚命逃，飛速地跳出窗子之後，差一點就一頭撞在走廊的廊柱上！

可是站在屋子裡的那個男人，只把眉頭一皺，抬起手來——

嘩！

一團光就立刻包住了安狐狸，無論牠怎麼使力，怎麼奔跑，怎麼咬牙，都一步也動不了了！

安狐狸放聲的痛哭流涕。「天君，饒命啊！饒命啊！我只是一個小狐妖，我真的什麼都沒有做過啊！我沒害過人，也沒有吸過別人的精氣！天君放過我吧！放過我吧！」

巡使天君手上微微使力，那團光包著安狐狸就咻地一聲直飛回他的掌中。君莫憶倏然掐住安狐狸的脖子，微瞇起細長的眸子，銳利地開口：「既無犯錯，為何膽寒？」

安狐狸在他的手裡瑟瑟發抖，抽搐得連話都說不出來了。

天君大人啊，您問的這是什麼問題？您是上天界派到凡間和仙界巡視的天君大人，但凡有從妖魔鬼界跑出來作亂的妖魔鬼怪，都會被您大人一刀斬立決！有哪個不害怕？有哪個不膽寒？就算沒做虧心事，也會害怕你手中那寒光閃閃的斬妖刀啊！

雲淨舒望著那在君莫憶手中抽搐得快要暈死過去的安狐狸，輕輕地說道：「牠果真並未作亂，倘若可以，請放過牠吧。」

安狐狸霎時涕淚交流，差點沒跪下來給雲淨舒磕三個響頭。

君莫憶掃了一眼雲淨舒。

眼前的男人，風度翩然，相貌清秀，眉間的朱砂紅痣，很有幾分仙風道骨的模樣，只是他身上的血腥氣很重，似乎背了很多的血債。但越是這樣的男人，越是凡界裡最出色的男人，不是嗎？

君莫憶淡笑了一聲，放開手裡的安狐狸。

「閣下非仙非妖，膽量倒是過人。」

「過獎了。」

雲淨舒面對著這似是仙人的男人，反而非常的鎮定和坦然。

這令君莫憶不禁對他另眼相看。

凡間的人們，凡是見到他的，不是嚇得跪下來頂禮膜拜，就是大叫一聲「妖怪」，嚇得四處奔逃。這男人清爽俊秀，氣度非凡，是少見的人中之龍。

只是他拚了命護住的那個女人，連生死都拋之度外的那個身體，卻讓君莫憶很是迷惑地皺了皺眉頭。「她魂魄已經離身很遠，難怪會吸引了這麼多妖魔前來，究竟是誰給了你法術，令你守護她？」

雲淨舒聽到他問，忍不住回身護了護初七。「一個朋友。」

他是不會隨意出賣別人的，尤其面前的人是敵是友都還不知道，即使他感覺白子非也非仙非人非妖的，但是他還是不會那麼輕易就把他的名字吐出去。

但雲淨舒的話，卻讓君莫憶忍不住笑了。

他是這天地之間的巡使天君，上三界的神界、仙界都歸他管轄，何況這小小的人間？以為不說出口，他就不會知道了嗎？

君莫憶只把手一伸，安狐狸就咻地一聲又吸回到他的手掌中。

安狐狸嚇得全身的狐狸毛都倒立起來了，整隻狐狸立刻在君莫憶的手掌裡團成一個團子，看起來活像個豎立起銀刺的刺蝟。

君莫憶半瞇著細細長長的眸子，半是威脅半是引誘地問：「他的朋友，是你的主人，對不對？」

安狐狸在君莫憶的手掌裡瑟瑟發抖，半句話都說不出來，只是顫抖地重複著。「天君別殺我，天君別殺我，我可是良民，不，良妖，大大滴良妖……我很會失憶的……我明天就什麼都不記得了……啊……我不記得了……」

君莫憶看牠一直在發抖，也不心急，慢慢地說：「好，你可以失憶，你可以什麼都不知道，但這女人中了蠍子魔的毒，唯有盤雲山上的修魂草可解，而且必須找到施毒的蠍子魔，才能令它吐回這女子身上的血。不然的話……你儘管慢慢失憶，她也就可以早早投胎輪迴了。」

君莫憶的這一句話，令雲淨舒大驚失色！

「你說，初七會死?!」

君莫憶冷淡地一笑。「她魂魄離身很遠，雖然我不知道她現在在哪裡，但是倘若十個時辰內再回不來，就算有可解百毒的修魂草，她也救不回來了。你說，她會不會死？」

「十個時辰?!」安狐狸終於也在君莫憶的掌中驚呼。「不行的，仙人掉進了盤妖谷，十個時辰內很可能回不來……」

安狐狸尖叫出聲之後，才突然發覺自己說錯了話！立刻驚恐地摀住自己尖尖的嘴巴，恐懼地看著上方的君莫憶。

君莫憶豈是一般凡人，那兩個字早已經清清楚楚地掉進了他的耳中。

「仙、人？你是說，你的主人是神仙?!」

安狐狸抖成一團，嗖地一聲把自己的頭塞進兩腿之間。

「我失憶了……我失憶了……我失憶了……」

君莫憶抬起頭來，看了一眼躺在床上的初七，又看一眼雲淨舒手裡所拿的那把劍，微微地瞇起細長的眸子，只是在心內悄悄一算。「你的朋友，可是姓白？」

雲淨舒一怔。

「白、子、非。」

這次連一向鎮定的小雲公子的表情，都微微起了變化，那赤紅的朱砂痣，微微地抖了一下。

「果然是他。」君莫憶當然看得出雲淨舒的想法，他眉頭一皺，有些憤怒地說：「那種小仙，竟敢獨闖盤雲山？真是找死了！」

這令雲淨舒有些不安，他忍不住開口問：「你說，他會有危險嗎？」

「當然！盤雲山上眾妖雲集，是妖魔交界最愛打群架的地方！別說神仙從來不肯光臨，就算是凡人，也沒有幾個肯從那裡路過！自古以來，那裡就是上三界不管的地方，你說危險不危險？」君莫憶冷冷地回答。

雲淨舒心內一慌，忍不住回過頭去看看初七。

她依然沈靜地睡著，好似感覺不到任何危險似地睡著。

君莫憶看到他那種憐惜的眼神，忍不住微微蹙眉。想到剛剛雲淨舒捨身而忘死的也要保護這個女子，他身為巡使天君，不能這麼眼睜睜地看著凡人如此受苦受難，生死兩離。

好吧，他天君做好事做到底，送佛送到西！

君莫憶把手中的狐狸一抓，兩步踏到雲淨舒的身前，執起兩指，默唸一句：「般若般若破……」

咻地一聲，雲淨舒身後的初七身上，恍若被罩上了一層金色的光，把她整個人都籠罩在裡面，看起來誰也不能碰觸的樣子。

君莫憶又把手指一轉，光芒又灑在雲淨舒的流星追月劍上，這次劍身上不再是幽藍色的光，而完全變成了金燦燦的模樣。

「我留下法術保護她的肉身，還把你的劍上塗了紫仙氣，一般的妖魔，是無法近得你的身的，你在這裡好好保護她。狐狸，跟我去找回你的那個笨蛋主人！」

君莫憶抓住安狐狸，倏地一聲就跳到院子裡，有彩色的雲立刻飄下來，圍在他的四周，雲朵上有著斑斕的色彩，他只微微用力，雲朵便倏地一聲飛遠了。

遠遠的，安狐狸還在大聲地掙扎。「天君，饒命……我……我怕高……」

雲淨舒拿著流星追月劍，追到院子裡，望著他們遠去的背影，愣了一愣。

他剛剛並沒有聽錯吧？那個人說……白子非……是神仙？這簡直是以前不能想像的事情。那個做事總是笨手笨腳，又不會武功，又很聒噪的男人，竟然是神仙？不過……想起那些時日，他陪自己闖入唐門的種種，或許他真的……是神仙？

真沒想到自己的生活裡，除了江湖，居然還遇到了仙。

雲淨舒微微的皺眉，但願這神仙能幫得了白子非早早拿回修魂草，救得初七快快醒來吧。

他是這樣的擔心，卻不知初七和白子非已經陷入了最危險的境地！

盤雲山的盤妖谷裡，妖風大作，妖魔盡出！

紅魔和綠妖均氣憤白子非捉弄了它們，還氣憤初七這個飄渺的魂魄也敢朝它們下手！一時間妖魔大怒，同時呼喚魔王妖王，把白子非和初七給團團包圍起來！

「妳快走！」白子非眼見情勢已經控制不住，心急地抓住初七就把她狠狠地一推！「妳現在是魂魄，可以飄出盤妖谷，快點趁它們沒抓到妳的時候，回去言家！」

「我不！」初七的魂站在那裡，一如她的真人一樣的倔強而固執。

「不什麼，快聽我的，回去！去找雲淨舒，要他守著妳！如果我沒有回去，就讓他去紫雲山紫雲洞裡請高人，再來替妳拿這修魂草！」白子非聽到山澗裡妖聲囂鳴不絕，已經心急如焚了。

言初七的魂魄卻守在他的身邊，死都不肯離去。

「不！」

「初七！」白子非急得要朝她怒吼了！

「如果你回不去了，那麼我活著，又有什麼意義？」初七望著他，突然說出這樣一句話。

「不過是生老病死，六道輪迴罷了。」

白子非猛然一愣。

這句話，是安狐狸讓他心痛如絞的一句話，可是突然從初七的嘴裡說出來，竟是那樣雲淡風輕般的感覺！

初七望著他，眸中，有著那樣閃爍而晶瑩的光。

倏地，她猛然轉身，手中的碧玉劍猛然一揮！

唰！

一隻飛襲過來的小妖，立刻被她砍得四分五裂！

言初七御風仗劍，英氣如虹，面對著那些奇形怪狀的妖，毫無畏懼地大喊一聲：「來吧！我不會怕你們的！今天，就在這裡，決一死戰！」

這樣英氣勃發的女子，這樣大氣如虹的女子！

白子非看著這樣的初七，心突然都緊緊地縮了起來，他覺得自己的心裡在十二分的尖叫著，握住她，陪著她，管他什麼神仙凡人，上三界，下凡界！只要有她陪在身邊，只要有她站在面前，這一生一世，這一輩子，這來生來世，還有……什麼奢求？

妖魔被初七的話語激怒，囂叫地排成一排，尖利地就朝著他們俯衝下來！

初七不懼不怕，抬劍迎擊！

「不！初七！快走！」白子非卻爆發般地猛叫一聲，抓過她的魂魄，向著旁邊猛然一推！

「我沒有來生，自沒有來世，所以，妳還是墮回六道，過妳的凡人生活去吧！初七……快走！」

「不！」言初七沒想到他會突然這麼做，她的身子輕飄飄地，如煙霧一般，還來不及抓住他，就被他猛然推向遠方！

眼睜睜地看著他，就被那些發了瘋似的妖魔狂撲了過去！

「不！子非！不要！」

第十四章　仙初吻

盤妖谷裡，妖風大作，妖魔四處衝襲，囂叫聲不絕於耳！

白衣白袍的白子非，已經成了綠妖們襲擊的主要目標，飄浮輕盈的言初七，已經成了紅魔們的衝擊物件！

但看起來，白子非似乎更好欺負，因為初七手中的那把劍，實在是鋒利非常！

她雖然只是一縷魂，但是自從暈倒的那一剎那，魂魄離身，她便已經把一切看得清清楚楚。白子非要去盤雲山前，對雲淨舒所說的那些話，她都聽得清清楚楚明明白白。

雖不知道這盤雲山是如此凶險，但她卻還是躲在他的身上，跟他一起來了這裡。

他們自幼一起長大，她知道他的脾氣秉性，自己不會什麼武功，卻又硬要去做那些完成不了的事情，所以她下定決心一定要跟著他，陪著他，保護他。

就算現在妖魔縱橫，她極有可能一眨眼間就魂飛魄散，但是她卻絲毫不畏懼，只希望自己掌中的這把劍，能夠殺妖除魔，保他平安離去！

「退開！」

初七突然衝過去，把手中的劍猛然一揮！

幾個小妖被劍氣揮中，尖叫一聲，差點跌落下來。

大妖看到撲過來的初七，不由得惱羞成怒。「小妖們，給我抓住她，不，撕碎了她！那凡人的魂魄我們也不稀罕，把她給我打成魂飛魄散！」

「住手！」白子非聽到妖怪們的大叫，也跟著怒吼道：「你們敢碰她一下，我就讓你們永世不得超生！」

白子非雙手合十，竟開始默唸起法咒來。

小妖們有些害怕，魔物們卻當是機會，它們嘲笑地尖叫著。「哈哈，好機會，快給我抓住這個神仙！斬妖訣和伏魔咒是不能一起唸的，魔頭們，衝啊！」

大事不好！

白子非的仙咒，咒得了妖怪，就抓不住魔頭，擋開了魔頭，就救不了初七！

初七忍不住大叫一聲：「別管我！」

白子非哪有拋下她不管，只救自己的道理？他根本不管那直衝向他的魔頭，堅決地把手中的仙咒朝著初七那邊一指——

「般若波羅——退！」

「不要！」

初七大叫一聲，眼看著那些魔已經衝到了他的面前。

她一咬牙，整個人即時就向著他的方向衝了過去，就在那些魔頭囂叫著撲下來的瞬間，她抬起手中的劍，就那麼直直一擋！

呼——啊——

重重的衝擊把她這縷輕蕩的魂給壓得痛楚地向後飛起！

「初七！」白子非大叫一聲，連忙伸手抓過她，把她朝著自己的懷中一攬，接著轉身！

嗵！

魔王噴出來的火光，重重地擊在白子非的後背上！

噗！

白子非張口，一口鮮血猛然就噴了出來。

「子非！」初七猛然抱住他，看著他鮮血淋漓的樣子，眼淚就要滾落。「你幹麼要過來啊？幹麼要擋……我是魂，它們傷不了我的，你為什麼要擋……」

「胡說……它們是傷不了妳，可是……可是會把妳打得魂飛魄散……妳的魂一旦飛散了……妳、妳還要不要活？」白子非似在責備般地回應著她，手指卻那麼戀戀不捨地想要撫上她那張漂亮的小臉。

幾乎從沒見過她這樣淚眼婆娑的模樣，她一向都是那麼的堅強，那麼的英氣勃發，可是這一刻，她那水汪汪的大眼睛，晶瑩剔透的淚珠掛在眼眶裡，竟是那樣的清澈動人，惹人愛憐……

初七……

倘若，沒有六道輪迴。

倘若，沒有來世今生。

倘若，我不是仙。

倘若，我沒有遺失了那顆仙丹。

倘若，不曾與妳相遇。

倘若……

初七，這個世上，沒有倘若，對嗎？只有已經，只有結果。我已經與妳相遇，便只能面對結果……初七……我們……會有結果嗎？

初七扶著白子非，她也從來沒有見過這樣的他。往日的他，總是那樣笑鬧著，和她玩笑著，甚至連皺起眉頭的時間都非常的少，他每天都那麼開開心心，每天都對著她燦爛的笑著。她好喜歡看到那樣的他，看他吃癟，看他出糗，看他和白四喜吵來鬧去，生活因為有了他，而多了那麼多的樂趣，也讓不善言談的她，有了那麼快樂的時光。

可是今天……今天他不僅板著臉，不僅皺著眉，不僅不再笑，他的唇間，還有著那麼多鮮豔刺目的血……

初七的心，就像是被狠狠揪住了一樣的疼。

不，她不想看著這樣的他，她不想讓他命斷於此，魂飛魄散就魂飛魄散吧，就算拚盡了一切，她也要讓他平安離開！

初七突然扳住白子非的肩，輕輕地在他的唇上輕碰一下。只是那麼蜻蜓點水的一下，就即刻離開。

然後，她握住手裡的劍，轉過身來就向著妖魔鬼怪們大喊道：「來吧，我一定要把你們全都殺死！」

……

……

……

有個人，已經頭腦一片空白。

那是大白公子，他站在初七的身後，怔了好大一會兒都沒有明白過來。

剛剛……剛剛初七吻了他？

不會吧?!真的吻了他？

雖然她現在只是一縷芳魂，可是他還是能感覺到她柔軟的唇瓣，淡然的芳香……

天啊，他追著她跑了十五年，威脅了她十五年，騷擾了她十五年，崩潰了她十五年，卻一直都沒有得到他夢寐以求的香吻。可是這個吻……竟然在這個盤妖谷裡……在這個危險萬分的時刻……出現了……他這個老仙人，頓時就呈現石化狀態……

有沒有搞錯，人家雖然是仙，可是也從來沒有親親過啊！雖然十五年來，一直致力於此項光榮的事業，可是一次也沒有成功過啊！剛剛那個吻，可是人家仙人的仙初吻，就這麼悄悄地，蜻蜓點水般地被她奪去了……他剎那間傻在那裡了，只覺得唇上麻麻的，酥酥的……萬事不知，萬事皆去……

原來和女子接吻，是這樣的感覺啊！

白子非仙人已經完全進入渾沌狀態，甚至根本忘記了他十五年來追著人家小美眉要親親，是為了吸回仙丹的事情。雖然這一刻，初七只是一縷魂，即使他記得這件事，也拿不回那粒丹，但是看看白仙人現在的表情，雙眼迷濛，臉蛋微紅，一副又傻又呆的模樣。

他伸手拍拍初七的肩。

初七轉過頭來。

白仙人對著她嘟起嘴。「初七……嘿嘿……再來一次好不好？」

初七剛剛打起精神要和妖魔們決一死戰，一轉頭看到已經呈混亂狀態的他，再聽到他這句啼笑皆非的話，忍不住咻地一下子就洩了半天的氣。

妖魔們已經看不慣他們黏乎乎的模樣，哇哇叫著就要對著他們圍衝過來。

正在此時。

唰——

盤妖谷裡，忽然之間光芒萬丈。

那些妖風妖氣，都被這光芒逼得無處可藏，剎那間濃霧都散去大半，谷內清亮非常！從半空中，有五彩般的雲彩飄落，淡紫色的仙氣，就從山頂上直直地傾洩下來！

「嗷——不好了，快跑！」

「哇——快閃快閃！」

妖怪和魔頭被那金光照到，頓時都驚叫起來，一個個慌不擇路，也顧不上言初七和白子非了，紛紛轉身就逃！

「君莫磐婆羅……君莫磐婆羅……」

忽然有響亮的呼號從半空中響起，隨著那金光燦燦的雲朵降下來一個隱隱的影子……那影子被五彩祥雲所籠罩，被如煙的紫色仙氣所圍繞！

白子非和初七都大吃一驚，不由得轉過身去看著這從山頂上緩緩降下來的雲頭。

白子非一看到那熟悉的紫氣，便皺起眉頭。「是仙……」

沒錯，是仙，而且還是很厲害的仙，才會有著這麼強大的仙氣，身邊有紫色祥雲，這代表著他在仙界的身分和地位，更代表著他本身的修為。這樣的仙氣，足以讓所有妖怪魔鬼膽戰心驚，只怕被這樣的仙人用仙氣一指，便會四分五裂，打回原形。更何況剛剛那響亮的咒語仙號，更是普通的神仙所不能操縱的，難道……

白子非屏氣凝神，只盯著那慢慢降下的雲朵。

仙氣緩緩下降，慢慢的，那個淡在雲霧之後的影子，漸漸清晰起來。

銀色的……尖尖的……瘦瘦的……嘴巴！長長的……細細的……耳朵！

「如花狐狸！」白子非驚叫一聲。

實在沒有想到，那雲彩降下來之後，躲在雲間，還盤著小細腿，擺出一副莊嚴仙象的，竟然是安狐狸?!

安狐狸聽到白子非的驚叫，立刻破功地大喊：「仙人你也太不給我面子了吧？難得人家這麼風光的出場，讓我拉風一會兒不行嗎？」

白子非滿臉黑線。

牠不過就是隻狐狸吧，還拉什麼東東什麼風啊！

不過，這是怎麼回事？安狐狸會突然有了這麼大的法力？怎麼還能駕起仙人的祥雲？牠根本還沒有修道成仙，就憑牠那個總是失憶的模樣，怎麼會仙術大增？

白子非還在疑惑不解，忽然從天空中飛速奔來一身穿銀白盔甲的男人，朝著安狐狸的狐狸頭就狠狠地敲了一記！

「我明明和你說了，要等我作完法才能下來，你偷了我的雲，下來逞什麼英雄？」

暈倒！

就知道會是這樣。

白子非差點一溜滑倒。

安狐狸抓抓自己的頭，很狗腿地巴住君莫憶的大腿。「仙人，人家只是借來威風一下嘛。難道乃沒有聽說過一個至理名言嗎？」

「什麼？」君莫憶皺眉。

「狐假仙威嘛！」安狐狸討好地說。

君莫憶仙人大腿一踢，一腳就把安狐狸給狠狠甩開。「少胡說八道！仙雲豈能隨便兒戲？」

就在君莫憶這樣一瞪眼的威嚴瞬間，白子非已經知道了他是誰。剎那間，白子非全身一顫，似乎從未如此恐懼般地抓住了初七的手。

「初七，快，快走！」

「我不。」初七依然固執的只有這兩個字。

「快走，聽我的，讓妳走妳就快走。現在我不會死了，等我拿到修魂草，就會回去言家。妳和安狐狸先回去，聽話。」白子非心急地趕她。

「既已沒有危險，為什麼還要走？」初七望著他，似乎已經打定了主意，怎樣都不肯離開他。

白子非這下更是著急了！看到眼前這個身披星辰盔甲，腳踩五色祥雲，眉如劍，眸如曦的男人，他心內的慌張，比剛剛遇到那些妖魔鬼怪們更加的恐懼了。

實不是因為這男人會傷害他們，而是這個人，這個仙，太厲害了！他的等級要在白子非的十層以上，他根本就是他們這些小仙只敢仰望，不敢招惹的上神啊！

君莫憶在旁邊看著他們兩個推來搡去的模樣，不由得挑挑飛斜的眉。「你說讓她走，她現在就能走得了嗎？」

白子非一聽，立刻猛然就把初七護在身後！

「你……你到底要怎樣？有什麼事，我一人承擔！她不過是人界的凡人，請放過她！」

初七第一次看到白子非如此緊張，還以為來人不善，立刻又一拉他，偏生要和他並肩在一

起。

「不！我不是凡人！我現在是一縷魂。要殺要剮，悉聽尊便！但請不要再傷害他，他剛剛已經受了傷。」

君莫憶沒料到這兩個人，竟然相互扶持，相互保護起來。他巡視上三界幾百年，斬殺的妖魔無盡數，大多都只顧自己逃命，哪裡還顧得了同伴？看來還是這凡界的人有情有義，雖是一縷魂，卻還要保護於他。

君莫憶忍不住冷淡笑道：「妳可知他是何人，豈需要妳的保護？」

初七望著眼前的男人，光芒四射得讓人張不開眼睛，可是她卻坦然地開口：「無論他是何人，我都要保護他。」

君莫憶冷笑。「他是仙。」

「我知道。」初七卻坦然而答。

這一句，把白子非、安狐狸和君莫憶都驚住了。

「妳……妳知道？」白子非吃驚地看著眼前的言初七。十五年來，他一直讓自己像凡間的小兒一樣，與她一同長大，在凡界從沒有露出任何破綻，除了整天和那個神經兮兮的白四喜亂說，又有誰會知道，他真的是一個神仙？

言初七眨眨眼睛，水靈靈的大眼睛裡，竟是那樣晶瑩的光。「自幼我便對經歷之事過目不忘。雖然當年我只有三歲，但是我記得，你與他一樣，均是踩著五彩雲朵，由天而降。」

啊？

白子非大吃一驚。

當年他以為她不過是三歲小兒，所以在她的面前根本沒有什麼遮掩，可是，她竟深記於心，至今未忘?!

而且她既知他的仙人身分，卻從未說出口，更未對他另眼相待……再想起剛剛那些妖魔圍攻的瞬間，她誓要拿劍保護他的模樣，令白子非的心裡，蕩起了那麼多深深的漣漪……

君莫憶望著他們相對的眼睛，忍不住撇了一下嘴唇。

凡間的人好與不好，大概都在這一瞬間。

感動的是情，牽絆的，也是情。

他不懂這情，更不懂他們相對的眼睛。他只知道自己的責任，便是守護上三界，不被任何妖魔入侵。今日既來到這裡，那麼，就送他們個順水人情！

「好了，這些妖魔我幫你們收拾，修魂草在盤雲山頂的斷崖下，快去取回。你們還有三個時辰可以返回，再晚了，她就真的會變成一縷孤魂。」

君莫憶的手指指向言初七，言語之間，冷漠如冰。

「醒了醒了，小姐醒了！」

言小青、言小綠、言小藍腦袋擠在一起，三人六隻眼睛巴巴地看著言初七，差點把初七眼前

那塊巴掌大的地方都擠滿了。

「喂，乃們閃開！想悶死我妹啊！」言初三公子的細白手指一伸，就把三隻丫頭抓了出來。

不過三顆腦袋一撤開，更多顆的腦袋就立刻湊上來。

「初七！」、「初七！」、「妹啊！」、「寶貝女兒！」

一堆人亂叫一通，叫得剛剛醒來的初七一眼的眼花撩亂。

初七努力張開眼睛，想要看清楚，可是屋子裡人太多了，烏央烏央地亂作一團。

除了擠在最前面的哥哥，還有父親，自己的丫鬟，家裡的護院，還有一大群對言家忠心耿耿的鏢師。一聽到初七小姐醒來的消息，人都烏央烏央地跑了過來，呼啦啦地全都擠進初七小姐的房間——

站在前面看到初七醒了的人，立刻回頭大喊：「小姐醒啦！」

「哇——小姐醒了！」

「小姐張開眼睛啦！」

「噢——小姐張開眼睛啦！」

「小姐看我們啦！」

「耶——小姐看我們啦！」

群情振奮，群聲鼎沸。

後面看不到的，忍不住就朝著前面擠過去；前面看到的，想要對初七小姐更親近。於是烏央烏央地，人越擠越多，越來越靠近，於是只聽到初三在前面痛喊——

「別擠啦別擠啦！小爺都要被你們擠成肉餅啦！」

初二也不堪重負。「喂，誰踩我的鞋！」

初四大叫：「想看小姐的收票！十兩銀子看一眼！」

呼——這場面哪還控制得住？言家上上下下憑著一顆那麼愛戴初七小姐的心，烏啦啦地全都擁進初七小姐的閨房，只聽得轟隆一聲巨響——

咔嚓！

初七小姐的雕花大床立刻就斷成了兩半！

「唔……」初七被壓在最下面，忍不住痛得呻吟。

其實她剛剛一切都很好，修魂草勾回了她的魂魄，魂魄回身，健康醒來。可是現在……嗚……好痛啊！

這些人幹什麼啊？再喜歡她，也不能這樣圍觀吧！害得她想看的人都看不到，他……在哪裡？他……還好嗎？

水音廊下，白子非一個人坐在那裡。

腰間感覺疼痛非常，衣衫也被刮破了一些。他伸手摸摸，血跡已乾，可卻依然很痛。難道是受了內傷？

「你受傷了？」

忽然有個低低的聲音從旁邊傳過來。

白子非一轉頭，卻看到雲淨舒那張清秀俊俏的臉龐。

他立刻把自己的袍衫一裹，無所謂地笑。「無關係，反正只是點皮外小傷。」

雲淨舒皺了皺眉，看了他一眼，也沒有再追問下去。

他站在白子非的身邊，佇立了很久很久……也用他那雙明亮的眸子，望著白子非很久很久……終於，微微掀動嘴唇，卻只是把薄薄的唇瓣抿了一抿……然後……

白子非瞪著他。

瞪著他的眼睛，他的朱砂，他的嘴唇。眼看著他的嘴唇都已經動了，可是這位大神仙雲公子，卻還是什麼都沒有說。

大白公子差點一口氣提不上來，差點憋死過去。

喵滴，打仗沒打死，活活憋死在這裡多不上算哪？

「行了，你想說什麼就說吧，我可不是初七，跟你大眼瞪小眼一個時辰也挺得住。」白子非掃一眼雲淨舒。

雲淨舒微皺眉，吸了一口氣，輕聲道：「我是來謝……」

「喂，別跟我說什麼謝謝救了初七，我可不是為你救的。」白子非瞪一眼雲淨舒，很不客氣的樣子。「我和初七相識十五年，我是為她才救的，可不是為了你。而且你別把初七當成你自己的，那場比武招親，言大老爺承認了，我還沒有承認呢！」

雲淨舒微微一愣。

他雖然有些感覺，卻沒想到白子非這一次對他如此坦然。

可是，這種話，他應該說出口嗎？雲淨舒還記得君莫憶說過的話，白子非絕非凡人，他是仙，而初七……初七不過是個平凡的女子，是和自己一樣在凡間受生老病死痛的凡人。

雲淨舒望著他，很沈靜地問：「你非凡人，又為何留在這凡間？而且還留在這裡整整十五年？」

白子非一怔。

其實他也知道，這次初七暈倒，他的身分也無法隱瞞了。這下不僅初七知道，連雲淨舒也都知曉了。

罷了罷了，上次他陪他們闖入唐門，他們就應該已經有些察覺，這次不過是多加證實一點而已。

「我留在這裡，自有我的定數。」白子非看著雲淨舒。「我明白你想說什麼，但現在不是向你解釋這些事情的時候。幸好有你守護了初七的肉身，才能順利救她回來，我們彼此之間也不必說什麼謝謝，你先去看看初七吧，這些事情，有一天我會解釋給你聽的。」

雲淨舒和白子非之間，因為這次的事件而變得有些微妙。

他們心裡都知道彼此的想法，也知道對方心底的那個女子是誰，也都是為了那個女子才會相互信任，相互合作，只是當一切平靜後，他們依然不願意挑明了說出口。

雲淨舒自是個明白的人。

聽到白子非的話，也不追問，只點了點頭，風度翩然地轉身而去。

白子非看著他的背影，忍不住偷罵一聲：「喵滴，能不能不要在男人面前也扮酷啊？雖然知道你很帥，不過也不用跟我耍帥。仙界凡界的事情你還不知道，還是安心地當你的凡人吧。哎——」

白子非挺住自己的腰，那裡真的很痛。他硬撐著和雲淨舒說了好一會兒話，這會兒又痛得難以支撐了。

剛解開自己的衣袍繫帶，想要看看那裡傷得如何，沒想到才剛掀起衣角，就聽到身後有人開口：「為什麼不告訴他？」

喵滴，這又是哪位神人啊？他想看看自己的傷都不給機會！

白子非氣呼呼地轉頭，剛想要發作，卻瞬間氣焰矮了下去。

因為站在他身後的，不是別人，正是那個身穿銀白盔甲，威風凜凜的巡使天君君莫憶。

媽呀，人家是上神，他可比不過。頓時沒了氣焰，還很有些狗腿地望著君莫憶。「天君這麼閒啊，不用去別的地方視察嗎？」

「這言家的妖魔還未除盡，所以我暫時不會離開。」君莫憶淡漠地望著白子非。

白子非立刻就像洩了氣的氣球，整個人都軟到地上去了。

這位天君大人還真閒啊，以為他跑去盤雲山，幫他拿了修魂草後，就會速速離開的，哪裡想得到他居然留在這裡，和他閒話起家常來了?!他可是很怕這位天君大人，只盼著他能早點離開吶。

「你想我離開？」君莫憶好似讀出他的心事。「為何如此怕我？」

「哪有，天君大人，小仙哪敢趕您?您隨便留，想留多久就留多久，我家就在隔壁，您要不要去喝個茶，歇個腳呀？」白子非一臉的討好。

君莫憶卻絲毫不為他那討好的表情所動，只是微瞇起星子般的眸子，淡然地答：「你想我走，是怕我發現言初七吞了混世丹。」

嗖地一下，大白公子立刻變身冰凍化石。

就知道是瞞不過他，他的仙力可是在白子非的幾千倍以上，連上天的天帝看到守護上三界的神將，也會禮讓三分的，更何況白子非這個小小的護丹神仙？

「原……原來……天君都知道了啊……呵呵……」白子非打著哈哈，只想蒙混過去。

「當日言家妖魔縱橫，是我來這裡救了他們。我一眼便看出她被蠍子魔咬了，可是一般凡人被蠍子魔咬過之後，三日內必定血脈盡失，血乾而死。可是她卻只是全身血液倒流，魂魄離身，並無性命之憂，這本就有違常理。」君莫憶很冷靜地說。「不過仔細一看，便知她的腹內有一粒丹，而且還是玄天大神煉就的混世丹，難怪可有那麼大的威力，能保她肉身不損，血脈不失。」

白子非低下頭，不語。

這他自然是知道的。那混世丹在初七的腹中，雖然對她沒有什麼影響，但是每當她有危險，受傷，或者遭遇任何重疾的時候，那丹都會變成吊住她性命的至上法寶，無論身體受到什麼樣的折磨，都不會立刻殞命。

這其實也是為何他當初看到初七被蠍子魔咬傷，不是立刻把丹拿回來，而是放心的要雲淨舒守護她，自己殺去盤雲山尋找修魂草，先讓她魂魄附體再說的原因。

君莫憶看他低頭不語，聲音有些提高。「白子非，你身為玄天大神座下大弟子的護丹仙人，理應知道這仙丹遺失的罪名有多大，現在居然還存在凡人體內，若被上界知道了，你能承擔得起嗎？」

白子非聽到君莫憶的話，倏然抬起頭來，幾乎有些恐慌地望著君莫憶。「天君，請你幫人幫到底，送佛送到西！初七剛剛魂魄歸體，不能立刻把仙丹拿回來，不然她也許就會因此元氣大傷，性命堪憂的！」

君莫憶看到他那麼急迫的表情，眸中帶著那麼急切的光芒，如此誠摯而焦急地望著他，不由得幽幽地問了句：「你雖仙位低等，可也該知道這是什麼樣的罪過。為了一個凡間女子，值得嗎？」

白子非看著君莫憶，沒有任何猶豫地點頭。「值得。」

君莫憶一時怔住，大惑不解地看著白子非。

雖同是神仙，為什麼他一點也不能理解這個小仙？丟失仙丹，被凡人誤吞，長時間不曾拿回，又利用仙丹為其吊命，這在仙界來說，都是不可饒恕的罪過！尤其白子非是專程護丹的仙人，仙丹可以說是他的命，他把命都丟了，想想上界一旦知曉，會給他什麼樣的罪名？

他是斷不可能為了一個凡人做出這種事情的，不過他也從未認識過什麼凡人，如果不是因為白子非為仙，他或許根本不會來管這樁無頭公案。

君莫憶有些冷漠地說：「我既已知曉這件事，就不能什麼都不管。我給你二十天的時間，讓你拿回那仙丹。另外，你不會不知，修魂草雖然吊回她的魂魄，但蠍子魔毒，還需要蠍子王的蠍尾毒針才能完全解開吧？只是如此拖下去，她還是會毒發的。」

「我知道。」白子非點點頭。「我早已經準備在拿回修魂草之後，就去找蠍子王的。」

「好。」君莫憶點點頭。

白子非一看到君莫憶點頭，知道他已經答應自己，可以再緩一緩拿回仙丹的時間。雖然君莫憶說了短短二十天，但即使是多一天，都對初七有很大的好處。

他不由得對君莫憶非常的感激，連忙站起身來，朝他施禮道：「多謝天君。」

可是才剛剛彎下腰去，就覺得腰上狠狠地一疼。

君莫憶立刻察覺他的異樣，開口問：「你受傷了？」

「呃，呵呵，一點……」白子非扶住自己的腰。

正當他們說話之時，突然傳來一陣大亂的聲音，乒乒乓乓的，似乎又有什麼東西被砸亂了一樣。

白子非不由得捂住額頭。他就知道言家那些人看到初七醒過來，必定會圍得裡三層外三層，裡裡外外又三層的。言家那些兄弟都和言大老爺一樣的搞笑，實在是沒辦法。

白子非對著狐疑地皺起眉頭的君莫憶笑了笑，討好地說：「沒事的，天君，言家總是這樣叮哩噹啷的，他們全家都不是安生的人。」

可是君莫憶卻半皺著眉頭，側耳傾聽——

「我好像聽到有妖……翅膀搧動的聲音！沒錯！真的有妖人經過！」

咻地一聲，君莫憶突然拔地飛起，嗖地一聲就朝著天空中直衝而去。那速度，那架式，真的比流星還快，比太陽還威風！

白子非皺皺眉，暗自嘟囔一句。「上神就是上神，總是這麼神經兮兮的。唉，還是看看我的傷口吧。」

大白公子再一次扯開自己的衣帶，剛想露出傷處，就又聽到一聲尖叫——

「啊！白公子！」

「別再白了好不好！再白我就和你們拜拜了！在你們言家，連看看自己的傷口都不停的被騷擾……」

「白……白公子……別、別拜拜……大事不好了！三……三少爺被怪物擄走了！」氣喘吁吁跑來的，是驚慌失措的小青，她已經又慌張又害怕得尖叫成一團，只差沒一頭栽倒在白子非的面前。

白子非猛然站起來，吃驚地問：「妳說什麼？言初三……被怪物擄走?!」

第十五章　蝶舞翩遷

言家亂作一團。

白子非衝到初七的閨房外面，看著那跌成一團的人們，言小青連忙叫道：「小姐被壓在下面了！最下面了！」

如果不是言大老爺一手把她們三個丫鬟給推出門，這下她們也要被擠在最下面。

白子非伸手拉起一隻，腫得像豬頭，不是！咻——變流星。

又伸手拖起一隻，眼烏青得像烏鴉，不是！嗖——飛往豬圈。

再伸手撈起一個，臉上印著大腳印，踩得都快變成相片了，不是！啪——一聲就貼上牆。

房間裡的人，哎喲哎喲地叫成一團。

白子非急眼了，大聲問小青：「到底怎麼回事？怎麼會弄成這樣？言初三又被什麼東西給弄走的？」

小青著急地跟著白子非挖人，一邊挖還一邊哭哭啼啼地說：「是大家都擁過來看小姐，結果把小姐的房門給擠破了，雕花大床也擠塌了，小姐就被壓在最下面啊！就在大家疊羅漢疊成一大疊的時候，天突然暗了一下，接著就忽然有很多很多蝴蝶飛了過來，大家都以為是小姐醒來，惹得彩蝶紛飛，不由得驚叫起來。三少爺又是最愛花蝶的人，他剛剛從人堆裡爬起來，還沒叫一聲

『這麼漂亮的蝶』，那群蝴蝶就蜂擁而上，把他整個人團團包住，撞破小姐的窗戶，把三少爺給擄走了！」

蝴蝶？

大批的彩蝶？

圍了言初三，把他圍住擄走了？

白子非皺著眉頭，百思不得其解。

言初三那個傢伙，長相漂亮得像個女人，他妹妹的胭脂水粉估計半年都不會動一動，他反而十天半個月就會糟蹋一盒，這樣一個娘裡娘氣的少爺，又怎麼會被蝴蝶盯上？那些蝶既會圍住人，肯定不是普通的蝶！難道……是抓錯了目標？本來是想找初七的麻煩，卻不小心擄走了相貌美麗的初三？

白子非還在胡思亂想，終於挖到了疊羅漢的最下一層。

還好，初七被倒下來的雕花大床遮住了身子，並沒有受什麼傷。

只是白子非才剛剛拉住她的手腕，她就抬起頭來看著他，那雙水汪汪的大眼睛，那麼水靈靈地望著他。

白子非立刻就很沒骨氣地腳下一軟。

別說人家神仙很沒用，其實只是神仙沒有初吻過嘛！當白子非一眼看到初七那水靈靈的大眼睛，粉嫩嫩的嘴唇，於是就很軟很軟地想起了在盤妖谷裡，她扳住他的肩膀，就那麼蜻蜓點水似的輕輕一吻……

雖然那時的她只是一縷魂，可是那吻竟也是那麼輕柔，那麼芬芳……現在她魂魄歸身，如果能再一親芳澤……

「子非……再來一次吧……」

恍然間，白子非竟聽到初七的聲音，一低下頭，就看到自己朝思夜想的那嘟嘟紅唇，近在眼前！

啊！

大白公子立刻覺得自己全身像著了火一般，只差沒嚇得跳起來。

「初七……這個……那個……我們……」白子非臉色脹得像猴子屁股，嬌羞得不知道該說什麼才好。

「白公子！白公子！你怎麼了？還好吧？」

後面忽然傳來奇怪的叫聲，順手還拍拍他的背。「你吃東西卡住了嗎？怎麼臉這麼紅！」

竟是言小青一臉奇怪地看著他。

啊?!

白子非驀然驚醒過來，卻發現初七也一臉疑惑地看著他。她並未對他開口說過什麼，當然也沒有對他嘟起嘴唇，大白公子完全是看到人家水靈靈的初七小姐，自己一個人在那裡YY了起來！

初七奇怪地瞪著他，好像看到怪物一樣。

白子非只差沒挖個地洞把自己埋進去了！果然愛作白日夢，不是好習慣！

好在他們相識已久，初七也早就習慣了他的怪脾氣，她望著他，只是輕聲說了幾個字：「救我三哥。」

「嗯，放心吧，我會救他的。」白子非伸手拉住她。「先出來吧，妳這屋子都快要不保了。真不知道妳爹爹每天在想什麼啊？好好的鏢局不做生意，天天弄得人烏央烏央地亂跑。」

白子非話還沒有說完呢，不知打哪兒咻地一聲就飛來一隻鞋，啪地一聲正中他的後腦！

「呔！白家小兒，你又在我女兒面前說我的壞話！」

言大老爺從人堆裡爬起來，雖然帽子也歪了，衣服也撕破了，鬍子都揪少了好幾根，但他還是保持著言家大老爺的身分，尤其是一看到這白家小兒，立刻就氣不打一處來的飛起一鞋底，就抽他丫的！

大白被打中後腦，痛得嘴眼歪斜。「言大伯，你講不講道理啊？人家剛剛救了你女兒耶！」

「哼，難道我不知道，你是對我家金瓜女兒另有企圖才救她的，你這個心懷鬼胎的白家小白臉！」咻——言大老爺又一鞋底子飛過來。

大白眼疾手快，拉著初七一起低頭。

站在白子非身後的言小青躲也無處躲，啪地一聲就正中靶心，黑黑的大鞋底就拍在臉中央。

言大老爺一看到拍中丫鬟，立刻驚恐地咬住雙拳。

叭嗒。

黑鞋底從言小青的臉上滾落。

眼淚狂飆——

「大老爺！你……你虐待下人！你欺負弱小！你不遵守愛護婦女兒童法則！你把我給毀容了！我要去告你……嗚嗚嗚……人家美美的小臉蛋……白知府……青天大老爺啊！我要告這個沒天良的雇主，言家地主大老爺……」言小青頂著黑黑的大鞋底印子就狂哭著跑出去。

言大老爺被嚇到了，拔腿就追了出去。「小青，妳不能出去！不能亂說！我言家一向公平對人，從來沒有欺負過妳啊！妳別走呀！小青！我給妳加薪，雙薪！三薪！」

呱呱……一陣烏鴉飛過。

白子非拉起初七，也顧不得言家亂成一團，只是對她說：「快走，我知道有個地方，能看到妳三哥在哪裡，等我們找到他的方位，才能趕去救他！」

「好。」初七連忙爬起身來，跟著他朝後院跑去。

言家後院對白子非來說，是個好地方。他在這裡經由行者阿黃的綠色通道自由出入，也在這裡藏了不少的好東西。

在言家後院的水音廊邊，有一個很小的水池，池中沒有魚，但碧綠的水永遠清澈見底，終年不乾。

很久之前，白子非在這池水裡施了一點仙法，這仙法可以使池水記住在它旁邊經過的人，並對經過的人可以加以追蹤，以發現他們現在所在做的事情和曾經發生過的事情。他以前只是為了好玩和追蹤初七，沒想到今天竟可以派上這樣的用場。

反正初七已經知曉他的身分，他也沒有隱瞞的必要，就拿著他的仙器玉如意，朝著池水中攪了一攪。

碧綠的池水隨著玉如意晃動了幾圈，接著竟自己慢慢翻滾起來，有點點氣泡從池底冒出，接著……那氣泡漸漸散開，池水如同明鏡一般出現在他和她的面前……

「啊——救命啊！我怕高！」言初三的尖叫，響徹整個天空。

那群把他團團圍起來的蝴蝶，像是一朵會移動的彩色雲朵，慢慢地向著天邊緩緩移動。牠們根本不為中間的初三所動，只是像一群被施了魔法的蝶，帶著抓到的人一直向著主人的方向飛去。

終於飛到一片茂密的森林之後，牠們開始慢慢收起翅膀，緩緩下降……

「啊……救命啊！」言初三在半空中大叫，只看到自己騰空的腳下是密密的樹林，如果就這樣直直地摔下去，他的小命都快要沒有了！

想他風華絕代，絕代風華的言初三少爺，怎麼可以死在這麼沒有美感的地方呢？像這種鳥淨拉屎，驢淨下蛋的地方，他要是死在這裡，還不三天就被鳥糞埋起來，兩天就被蛋給堆滿啊？

他可不想死了身上還帶著屎蛋味，到了陰間也被死人嘲笑啊！就算要死，他也要死得美美的，也要死得風華絕代……

「啊啊啊——」

突然覺得托著他的力量猛然一鬆，他整個人就朝著下面狠狠地跌過去！

哇，完蛋了！死定了！

言初三閉上眼睛，牙一咬，心一橫！

咚！

就這麼狠狠地摔在地上，變成相片。

初三少爺閉上眼睛，迎接死亡的來臨。

可是，怎麼臉上會這麼癢？像是有什麼東西在他美麗的臉孔上嗅來嗅去的樣子……難道到了黃泉路上，還要聞聞有沒有味道的嗎？他今天可是忘記塗香水了呀！

那毛毛的感覺順著他的臉，就向著脖子裡發展過去，言初三一著急，伸手就朝著那毛茸茸的東西抓過去！

「呀——喵——」

竟抓來一聲慘叫！

初三驀然張開眼睛！

那個尖叫一聲、趴在他身上嗅過來嗅過去的傢伙，竟然長著尖尖的耳朵，利利的牙齒，全身都穿著灰白相間、毛茸茸的衣服，還有一條又長又細的大尾巴，在屁股後面甩過來甩過去的。

看見初三張開了眼睛，牠憤怒地望著他，手還捂著自己的嘴巴，似有點點血跡從那裡滲出來。

言初三從沒見過這樣的怪東西，剎那間被嚇得小心肝撲通撲通地跳，彎彎的睫毛眨啊眨，小小的手兒抖啊抖……咦，手裡有什麼東西毛毛的……

初三一低頭。「哇！貓毛！」

嚇得他慘叫一聲，手裡的毛咻地一下子就掉到地上。

那個怪東西唰地跳到他的面前，一把就搶走那根毛。「胡說，什麼貓毛，這明明是貓鬍子！白癡人類！」

「啊……鬍子……呵呵，鬍子……原來貓也長鬍子……」初三少爺陪著笑，卻感覺自己的腿都在抖啊抖不停了。

他究竟是掉到了什麼鬼地方，居然跳出這種半人半妖、半鬼半貓的東西來？他可不會什麼武功，也不會什麼法術，更善良天真可愛得沒有招惹過什麼奇怪的東西，怎麼會被弄到這個鬼地方來？

言初三抬頭看看，大樹參天，濃密的樹蔭綿延不絕，不見天日，看起來就是個人煙稀少，人跡罕至的地方，也難怪會生出這樣的妖物，長得這麼醜，身上還很臭……

言初三習慣性地捏自己的鼻子，哪知道還沒有碰到，那個怪傢伙突然喵地一聲，就衝著他尖叫。

嚇得言初三差點沒把自己的手指戳到鼻孔裡去。

「喵，抓錯了！這個傢伙根本就不是女人！」那貓妖似乎生氣了，喵嗚一聲就向旁邊一跳，甩開尾巴就坐在大樹根盤成的一張椅子上。「這明明是個男人，小妖們，來，把他賞給你們，分吃了吧！」

「啊嗚啊嗚！」隨著牠的一聲令下，竟有幾十隻小貓妖跟著跳出來，朝著言初三就要撲上去。

「慢！」

忽然間，從半空中傳來一聲驚呼。

彷彿如同仙子降臨，天空中竟有五彩的羽蝶緩緩落下來，有淡然的芬芳，從空中緩緩綻開，彩色的花瓣像是雪片一樣紛飛開來，無數的彩蝶擁著一個精靈如仙子一樣的大蝶，從半空中緩緩飄落。

那蝶妖慢慢地落下來，衣衫如雲，背對著言初三，慢慢地把那透明的翅膀輕輕綻開。烏雲一樣的秀髮，從她的肩上披落，粉色的花瓣落在她淡粉色的衣服上，送來一陣沁人心脾的芳香。

貓妖看到蝶妖飛下來，有些不滿意地捋著自己只剩下三條的鬍子。「蝶落，不是我說妳，妳那些小妖做的是什麼事？居然把個男人當成女人捉回來?!早知道就派我的貓兒們去了。現在蠍王還沒有回來，倘若回來看到你們抓錯了人，真的生氣起來，可別怪我沒有幫妳！」

「抓錯人？把男人當成女人？不可能的！我的蝶兒絕對不會認錯人的。」那蝶妖根本不相信，忍不住翕動自己透明的翅膀，輕輕地轉過身來。

她是天下蝴蝶的女王，是彩蝶中修練千年的妖精，她的身上總帶著花朵的芬芳，當她轉過身

來的時候，身上那淡然的香，優雅的裙衫，都跟著她那麼妖美而輕柔的身姿而微微的蕩漾。

蝶落轉過身。

言初三抬起頭。

她的眸子驀然閃動一下，彷彿被什麼刺中了她的心。

他的眼睛輕輕地眨動一下，只覺得胸膛裡那顆鎖了千年萬年的心，忽然像花兒一樣的綻開了。

眼前的女人，雖然是修練成妖的妖精，卻美得讓他幾乎無法呼吸……言初三從來沒有過這樣的感覺，也從不曾在看到任何一個女人的時候，突然想起了自己……還是愛女人的……

「那些妖怪是把初三當成了初七，才會把他抓到妖魔林裡去。那林中應該是很多得道的妖精所在的地方，所以並不會像盤雲山那麼混亂。這次我們兵分兩路，只要能合力包圍它們，就能順利把初三救出來。」

白子非站在言家的議事廳裡，對所有人分別下令：「我和雲淨舒一路，言初一和初五初六一路，一個從東，一個在西，三個時辰之後，我們就能在妖魔林的中心會合。」

「我也要去。」白子非的話音還未落，初七已經一下子站了起來。

白子非一看到她，就立刻搖頭。「妳剛剛恢復元氣，最好在這裡休息。」

「不要。」初七最是簡單，只有這兩個字。

「那些妖怪的目標明明就是妳，妳去不是送死嗎？」白子非著急地瞪著她。

雲淨舒看了初七一眼，也有些關切地說：「還是留下吧。」

初七眨了眨眼睛，明亮的眸子在兩個男人之間掃了一掃，她抿抿紅潤的嘴唇，還是蹦出兩個字。「不要。」

白子非頭頂都快要冒青煙了。

這孩子怎麼講不聽啊？非要打屁股才知道聽話嗎？

初七瞪著白子非，語氣堅定地說：「目標是我，留在這裡，會把他們引來。」

這句話倒是讓在場的人都微微一愣。

初七雖不言不語，但她每次看事情卻總是很透澈，也許就像人家所說的，越是像她這種不吭聲的人，心中越是有數。

白子非和雲淨舒都希望她留在這裡不要去犯險，但是她卻想到那些妖是以她為目標，他們都去救言初三，如果她留在這裡，再把那些妖怪招來，豈不是會連累言家所有的人受累？

這一點，男人們倒是都沒有考慮到。

白子非若有所思地摸摸下巴。「妳說的也對。不過妖魔林實在很危險……其實有最簡單的辦法，就能把初三救回來的，偏偏那個傢伙不知又跑去哪裡了，直到現在還不回來。」

大白公子走出廳外，朝著天空中掃一眼。

真是的，用得上他的時候，偏偏跑個無影無蹤。

雲淨舒知他所說的是那個巡使天君君莫憶。真的有他在這裡的話，肯定可以三兩下就把那些傢伙給解決了。

可是人家是上神，負責上三界的守衛，不可能為了他們這小小一點麻煩，就留在這裡不走了，所以可以依靠自己的時候，還是不要指望別人。

雲淨舒把自己的流星追月劍往肩上一背，開口說了句：「走吧。」

言初一、初五和初六還有初七立刻就跟上他的腳步，大步往門外走。

眼看雲淨舒一開口，那些人竟都跟著他出發了，白子非氣得一下子就跳過去，很不服氣地叫道：「喂喂喂，有沒有搞錯啊？這次我才是首領耶，要出發也要由我發號施令吧！大家快點回去，重來重來！」

白子非準備耍耍首領的威風，雙手插腰就對天開喊：「我們大家……準……」

「閃開！」言初一推開他。

「讓。」初五向左一推。

「開。」初六向右一推。

可憐的大白公子像是乒乓球似的被人推來搡去，東倒西歪。

雲淨舒連頭都不回，就逕自走遠了。

白子非站在原地，都快要被氣得冒青煙了。

還好有人在身後拍拍他。

他一回頭，竟看到初七小姐那甜蜜蜜的微笑，他立刻就很沒骨氣的腳軟了……

「初七，等等我！」熱情地追上去，和美麗的姑娘合力打妖去！

哇哈哈，這小日子過得也滿不錯呀！

太陽微斜，雲霧積聚。

只是厚厚的雲層中間，有個像箭一樣的銀色身影，在飛速地穿行！

他撥雲推日，神勇異常！

雲絲擦過他閃著星子般光芒的銀白盔甲，拉出那麼長長的絲線，彷彿就像是白色的羽毛和翅膀。

風聲呼嘯著擦過他的耳邊，那炯炯有神的眸子，依然還是直直地盯著前方那若隱若現的身影，一絲分神和偏差都沒有，只想馬上把那妖物捉到手！

前方的妖怪大概是飛不動了，生氣 [illegible]
我只是打此路過，你為 [illegible]

君莫憶卻不留絲毫 [illegible]
的！你就受死吧！」

君莫憶腳下微微使 [illegible]

眼看無法擺脫他， [illegible]

君莫憶哪肯放棄，也跟著衝進了厚厚的雲朵。

雲彩就彷彿是軟綿綿的棉花糖，厚厚的，一層一層的，擋在你的眼前，令你看不清前方的方向。君莫憶伸手揮弄著那些飄過來的雲絲，想好好地看清楚那前方的妖影，可是找來找去，牠都在那裡隱隱地若隱若現。

倏然間，那妖氣忽然降了下來，不像剛剛那麼強烈了。

君莫憶瞬間就感應到不對勁，他立刻覺得不妙！

猛然拔出自己腰間的撥雲避月斬妖刀，暗唸了一句咒語：「般若般若破，羅密羅波羅……破！」

鋒利的刀身，現出金燦的光芒，唰地一聲就直揮過去，那光就像是從天空中炸開的閃電，光芒從刀刃上四散綻開！

撲——

厚厚的雲朵立刻就被斬成碎片，呼地一聲四散紛飛……

眼前的景象，頓時就清晰無比。

可也是在這個瞬間，君莫憶忽然發現一直在前面若隱若現的那個身影，竟也隨著他的破妖咒而撲地一聲飛散開來，還很輕很飄的樣子，霎時就撕成了兩片……

「不好！中計了！」君莫憶按住自己的斬妖刀。

那飛散撕裂的妖怪，根本就只是一個軀殼！

剛剛那個妖怪蛻了一層妖皮，把皮留在這雲層中間，吸引他的目光，而妖怪本身早就在君莫憶感覺妖氣下降的瞬間，逃回下界去了！

君莫憶瞪著那妖皮，星眸裡有點點的火光在燃燒。

從來沒有人敢在他巡使天君的面前玩這樣的花招，居然敢以妖皮代身，迷惑他的眼睛！果真是活得不耐煩了嗎？

好，就讓你嘗嘗巡使天君的厲害！

妖怪，你死定了！

「喵，殺了他！」

妖魔森林裡，陰森恐怖，妖氣衝天。

小貓妖們立刻朝著言初三衝過來，就想要把他咬死撕爛。

「你們敢！」

一聲厲喝，立刻嚇退了那些露出尖尖爪子的小貓妖。

蝶落張開透明的翅膀，她雖背對著言初三，但那優美的身段，芬芳的香氣，卻依然讓綁在她身後的初三神魂馳蕩。

貓妖坐在樹椅上，對蝶落的態度很是不滿。「喵嗚——蝶落，妳這是幹什麼？他是個男人，對我們無用，不殺了他，等蠍子王回來了，責備起來，妳來承擔嗎？」

「我來承擔。」蝶落眼睛眨也不眨地回答。

貓妖很是氣憤地傾身，「蝶落！妳這個小蝶妖，如今膽子倒是越來越大了！」

「怎樣？你想要和我動手嗎？」蝶落立刻展開翅膀，呼地一聲就有彩色的光芒綻放開來。

貓妖一看到她當真了，連忙收回自己的爪子，「喵——我只是說著玩玩的，妳何必當真？不過看妳對這男人這樣上心，難不成……難不成妳又想吸男人的精氣了？哈哈哈哈！」

蝶落掃了那貓妖一眼，也不理牠，只是把翅膀一揮，立刻就有大團的蝴蝶飛過來，把言初三團團圍了起來，就像是把他帶來時一樣，又抬起他的身子，向著妖魔林的另一邊飛去。

初三這次被帶到半空中，並沒有嚇得大喊大叫，反而回過頭去，看著那個美麗的妖精。

蝶落沒有和貓妖多言，也展開自己的翅膀，跟著那些蝴蝶一起向著森林的深處飛過去。

言初三看著她那雙透明的大翅膀，在陽光下有著那麼晶瑩而剔透的光芒，身上的紗衣在飛起來的時候，那麼動人又輕盈地翩然起舞。她優美的身姿，絕美的容貌，簡直就是一個千年難見的絕色美人，就像九天下凡的仙女一樣令人心動。

他知道她是妖精，可是這麼美的妖精，又有什麼關係呢？

蝶兒們帶著言初三，一直向著森林的東邊飛過去。飛啊飛啊，在一陣沁人心脾的濃重花香傳來的時候，蝴蝶們也都落了下來。

言初三照舊摔落在地上。

這次他可沒有喊疼，也沒有尖叫，只是癡癡地望著那個從天上飛落的美麗妖精，看著她的一舉一動，看著她輕盈的腳步、透明的翅膀。

世上竟有生得比自己還美麗的女子，這實在是讓初三開了眼了。

蝶落似乎發現了他一直投來的癡迷目光，不由得有些不悅。「你還要看多久？」

「很久……很久……」初三癡癡地望著她。「不，永久也不夠。」

蝶落一聽到他的話，倏然轉過身來。

那一雙烏亮中有著彩色光芒的眸子，直直地盯著他。

「為何過了千年，你這口滑嘴蜜的毛病，還是沒有改掉？」

嗯？

這句話倒是說得言初三怔然一愣。「千年？」

蝶落的眉間微微一蹙，似乎發覺自己說錯了話，立刻又轉過身去，聲音低下來，不似剛剛那般激動。「你看看你現在的樣子，胭脂水粉，秀髮指甲，哪裡是個男人的樣子？難怪我的蝶兒們會把你認錯。」

她背對著他，只把衣袖輕輕一揮，頓時就像是有五彩的光芒朝著言初三襲過來，身上軟軟癢癢的一麻。

初三低頭。

瞬間就發現自己尖尖的指甲消失了，臉上的水粉胭脂也沒有了，總穿在身上的淡紫色長衫也變成了白衣藍衫，把言家六兄弟裡生得最是清秀俊美的言初三，打扮得那樣俊俏而英挺。

初三忍不住笑了。「沒想到我換成這身打扮也不錯。」

他從地上站起來，看著那美麗的蝶妖，竟不由自主地伸出手去，似是想要碰碰她背上那透明的翅膀。

蝶落立刻察覺到他伸過來的手，不由得轉身後退一步！

「如果早知道世上有妳這樣美麗的妖精……」

「別碰我！難道你不怕我殺了你嗎？」

言初三聽到她厲聲的責問，柳眉倒豎的模樣，反而向前走了一步。

他細長的眉眼間，含著淡淡的笑意，晶瑩如鑽般的眸子裡，倒映出蝶落嬌美如花朵一樣的美麗容顏。

他輕輕低下頭，一下子就湊到她的面前，鼻尖幾乎要碰到她的鼻尖，呼吸幾乎要淹沒她的呼吸。

「如果妳想要殺我，剛剛就會讓牠們殺了我，還會等到現在嗎？不過，就算是死在妳的手裡，我也心甘情願了……這一生，能與妳相遇……」

他的唇，幾乎要觸到蝶落的唇。

蝶落站在那裡，竟沒有閃躲。

她只覺得他傾下來的身子，是那樣的熟悉，他的呼吸，是那樣的溫熱。

還記得當年他親吻她的時候，是那樣柔軟而纏綿，那樣溫暖而依戀……總以為，這茫茫天地間，從此之後，再不會見到他；總以為，千年的修練，早已經把那些癡纏忘卻……可是當這張臉，再次出現在她的面前，當他的呼吸，再一次把她淹沒……

淚水驀然就從眼眶裡滿溢出來。

蝶落忽然捧住言初三的臉，就那麼深深地吻了下去！

初三被嚇了一大跳！

沒想到妖精都是這麼熱情火辣的，他都還沒有動作，她居然就已經主動了！

啊！她吻得好用力，好深情，好火熱……

他他……他受不了了……言初三伸手抱著蝶落，兩人竟一下子摔落在那芬芳撲鼻的花叢中……

漫天的花瓣，雨絲一樣地飛落。

——未完・待續，請看微露晨曦／文創風008《神仙啊，你在幹麼呢？》二之二

原創囧天后

微露晨曦

要你笑中帶淚，感動久久——

一粒混世丹，一段嬉笑緣。

且看白子非這個護丹小神仙為何要下凡親吻人家美少女？

而在言初七毫不抵抗的情況下，他又怎會連續慘敗一百二十七次？

江湖中人稱美貌與智慧並存的雲門朱砂公子又是如何介入兩人之間？

嘻笑逗趣間，感情火花亂亂射，情敵居然也能變知己?!

加上失憶的花狐狸來鬧場，根本就是剪不清、理還亂呀～～

文創風 006

神仙啊，你在幹麼呢？二之一

從沒見過這麼糗的神仙，護丹護到要下凡親吻人家美少女？
其實這也怪不了他，誰教那小娃兒連看都不看一眼，就那麼叭唧一聲，
把他的混世丹給吞下了肚?! 連累他這個可憐的小神仙，
只能不斷的騷擾她，親吻她，崩潰她……但怎麼最後崩潰的人反而變成他？
唷，都怪她身邊有六個貼身護衛哥哥，隨時緊盯著他，害他老是吻不成！
不行，他一定要想辦法拿回混世丹！可她爹居然打算要把她嫁出去?!
於是事情更向著他這個小神仙無法控制的境地滑出去……
哎呀呀，初七妳別跑呀，閉上眼睛，快點給我親一下唄！

文創風 008

神仙啊，你在幹麼呢？二之二

你我相約到百年，若誰九十七歲死，奈河橋上等三年……
這個初七在胡說什麼呢！什麼相約到百年？什麼奈河橋？
還說什麼如果有一天他死了，只要他回頭，她就在他身邊？
要知道這世上是真的有神仙妖魔鬼的，所以凡人發的誓，
也真的是有人在聽的！她怎麼可以說出這樣的話來？
他可是從天界下凡的神仙啊，他是不會死的！
但望著她清澈真摯的眼眸，他的心卻彷彿快要被望穿……
如果將來她離世，奈河橋上怎可能會有他神仙的身影？
他不能，他不敢，他更沒勇氣看著她離世的那一刻！
因為——她是凡人，他是仙，他們注定無法相約啊！

文創風 006

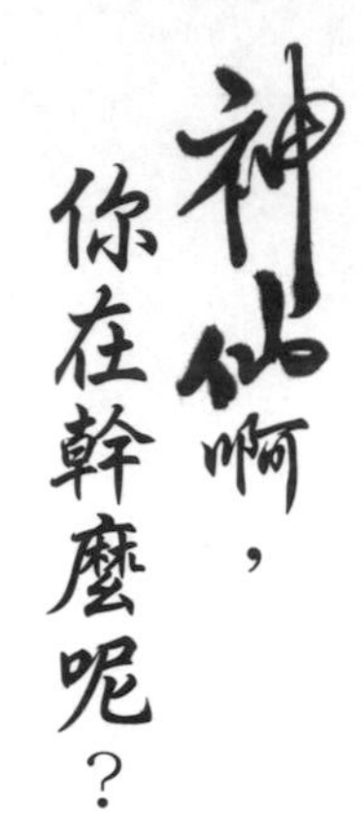

國家圖書館出版品預行編目資料

神仙啊，你在幹麼呢？ 一. / 微露晨曦著.
-- 初版. -- 臺北市 : 狗屋, 民100.11
面 ; 公分
ISBN 978-986-240-698-4（平裝）

857.7 100020929

著作者	微露晨曦
發行所	狗屋出版社有限公司
地址	台北市104中山區龍江路71巷15號1樓
電話	02-2776-5889～0
發行字號	局版台業字845號
法律顧問	蕭雄淋律師
總經銷	知遠文化事業有限公司
電話	02-2664-8800
初版	100年11月
國際書碼	ISBN-13 978-986-240-698-4

定價220元

狗屋劃撥帳號：19001626

網址：love.doghouse.com.tw E-mail：love@doghouse.com.tw

文創風
love.doghouse.com.tw

狗屋硬底子，臺灣文創軟實力，原創風格無極限！